# VLADIMIR
# NABOKOV
## O OLHO

TRADUÇÃO
**JOSÉ RUBENS SIQUEIRA**

Copyright © 1965 by Vladimir Nabokov
Todos os direitos reservados.

*Grafia atualizada segundo o Acordo Ortográfico da Língua Portuguesa de 1990, que entrou em vigor no Brasil em 2009.*

*Título original*
The Eye

*Capa*
Retina_78

*Imagem de capa*
Jorge Miguel/ Getty Images

*Foto do autor*
Acervo de família

*Revisão*
Taís Monteiro
Fatima Fadel
Rita Godoy

cip-Brasil. Catalogação na fonte
Sindicato Nacional dos Editores de Livros, rj

Nabokov, Vladimir Vladimirovich
    O olho/ Vladimir Nabokov; tradução José Rubens Siqueira. - 1ª ed. - Rio de Janeiro: Objetiva, 2011.

Tradução de: *The eye*
isbn 978-85-7962-098-0
112p.

1. Ficção americana. I. Siqueira, José Rubens, 1945-. II. Título.

11-4696                    cdd-891.7
                           cdu: 821.111(73)-3

Índice para catálogo sistemático:
1. Ficção : Literatura russa    891.7

*2ª reimpressão*

[2022]
Todos os direitos desta edição reservados à
EDITORA SCHWARCZ S.A.
Praça Floriano, 19, sala 3001 — Cinelândia
20031-050 — Rio de Janeiro — rj
Telefone: (21) 3993-7510
www.companhiadasletras.com.br
www.blogdacompanhia.com.br
facebook.com/alfaguara.br
instagram.com/editora_alfaguara
twitter.com/alfaguara_br

*a Véra*

# Prefácio

O título russo deste pequeno romance é *Soglyadatay* (numa transliteração tradicional), pronunciado foneticamente como "solhia-dart-ai" com tônica na penúltima sílaba. É um antigo termo militar que quer dizer "espião" ou "observador", nenhum dos quais com a abrangência e a flexibilidade da palavra russa. Depois de brincar com "emissário" e "gladiador", eu desisti de tentar juntar som e sentido e me contentei com a escolha de "olho" ao fim da prolongada busca. Sob esse título a história seguiu seu curso agradável em três capítulos na *Playboy* nos primeiros meses de 1965.

Compus o texto original em 1930, em Berlim — onde minha esposa e eu alugamos dois quartos de uma família alemã na sossegada Luitpoldstrasse —, e no final desse ano ele apareceu na revista de emigrados russos *Sovremennyya Zapiski* em Paris. As pessoas neste livro são os personagens de que mais gosto de minha juventude literária: expatriados russos vivendo em Berlim, Paris ou

Londres. Na verdade, claro, eles poderiam muito bem ser noruegueses em Nápoles ou ambraciotas em Ambridge: sempre fui indiferente a problemas sociais, me limitando a usar o material que encontrava à minha volta, como um conviva falante rabisca uma esquina de rua na toalha da mesa ou arruma uma migalha e duas azeitonas em uma posição diagramática entre menu e saleiro. Uma consequência divertida dessa indiferença pela vida comunitária e pelas intrusões da história é que o grupo social casualmente posto no foco artístico adquire um ar falsamente permanente; isso é tomado por certo num determinado momento e num determinado lugar, pelo escritor emigrado e seus leitores emigrados. O Ivan Ivanovich e Lev Osipovich de 1930 há muito foram substituídos por leitores não russos que hoje ficam intrigados e irritados por terem de imaginar uma sociedade sobre a qual nada sabem; porque eu não me importo de repetir e repetir que pilhas de páginas foram arrancadas do passado pelos destruidores da liberdade desde que a propaganda soviética, quase meio século atrás, levou a opinião estrangeira a ignorar ou denegrir a importância da emigração russa (que ainda está à espera de seu cronista).

A época da história é 1924-1925. A Guerra Civil na Rússia terminou uns quatro anos antes. Lênin acabou de morrer, mas sua tirania continua florescendo. Vinte marcos alemães não chegam a cinco dólares. Os expatriados na Berlim do livro vão de pobres a empresários bem-sucedidos. Exemplos destes últimos são Kashmarin, o pesadelo de marido de Matilda (que evidentemente escapou da Rússia pela rota sul, via Constantinopla), e o pai de Evgenia e Vanya, um cavalheiro mais velho (que dirige judiciosamente a filial londrina de uma empresa alemã e sustenta uma dançarina). Kashmarin é provavelmente o que os ingleses chamam de "classe média", mas as duas moças do número 5 da rua Pavão evidentemente pertencem à nobreza russa, com título ou sem título, o que não as impede de ter gostos de leitura vulgares. O marido de Evgenia, com sua cara gorda, cujo nome hoje soa bastante cômico, trabalha num banco em Berlim. O coronel Mukhin, um pedante insuportável, lutou em 1919 sob o comando de Denikin e em 1920 sob o de Wrangel, fala quatro línguas, afeta um ar mundano e intocável, e provavelmente se dará muito bem no emprego fácil para o qual o sogro o está encaminhando. O bom católico Bogdanovich é um báltico imbuído de cultura alemã, mais do que russa. O excêntrico judeu Weinstock, a médica pacifista Marianna Nikolaevna e o próprio narrador, sem classe, são representantes da multifacetada intelligentsia russa. Essas indicações devem facilitar um pouco as coisas para o tipo de leitor que (como eu) desconfia de romances que lidam com personagens espectrais em ambientes não familiares, como nas traduções do húngaro ou do chinês.

Como já é bem sabido (para usar uma famosa frase russa), meus livros são abençoados não só com uma total falta de significação social, como são também à prova de mitos: os freudianos borboleteiam em torno deles avidamente, aproximam-se com ovidutos excitados, param, farejam e recuam. Um psicólogo sério, por outro lado, pode distinguir através de meus cristalogramas cintilantes de chuva um mundo de dissolução da alma onde o pobre Smurov só existe na medida em que é refletido por outros cérebros, que por sua vez são colocados nos mesmos especulares e estranhos apuros que ele. A textura da história mimetiza a do romance de detetive, mas na verdade o autor recusa qualquer intenção de iludir, intrigar, enganar ou de qualquer outra forma ludibriar o leitor. Na verdade, só o leitor que embarcar de imediato terá genuína satisfação com *O olho*. É pouco provável que mesmo o mais crédulo leitor atento desta história tremeluzente demore muito para perceber quem é Smurov. Experimentei com uma velha senhora inglesa, com dois estudantes de graduação, com um treinador de hockey no gelo, com um médico e com o filho de doze anos de um vizinho. A criança foi a mais rápida, o vizinho o mais lento.

O tema de *O olho* é a realização de uma investigação que leva o protagonista a um inferno de espelhos e termina com a fusão de imagens gêmeas. Não sei se o intenso prazer que tive trinta e cinco anos atrás ao adaptar a um certo padrão misterioso as várias fases da busca do narrador interessará a leitores modernos, mas em todo caso a ênfase não é no mistério, e sim no esquema. Seguir os passos de Smurov continua sendo, acredito, uma atividade excelente apesar da passagem do tempo e dos livros, e da mudança da miragem de uma língua para o oásis de outra. A trama não será reduzida na mente do leitor — se leio corretamente essa mente — a uma história de amor horrivelmente dolorosa na qual um coração atormentado é não apenas recusado, mas humilhado e punido. As forças da imaginação que, a longo prazo, são as forças do bem permanecem firmemente do lado de Smurov, e a própria amargura do amor torturado se mostra tão embriagadora e estimulante quanto seria sua mais extática satisfação.

Vladimir Nabokov
Montreux, 19 de abril de 1965.

# O OLHO

Conheci aquela mulher, aquela Matilda, durante o primeiro outono de minha existência como *émigré* em Berlim, no começo da década dos vinte de duas contagens de tempo, a deste século e a de minha torpe vida. Alguém tinha acabado de me arrumar um emprego como tutor domiciliar de uma família russa que ainda não tivera tempo de empobrecer e subsistia na fantasmagoria de seus antigos hábitos de São Petersburgo. Eu não tinha nenhuma experiência na educação de crianças — não tinha a menor ideia de como me comportar e do que falar com elas. Eram duas, ambos meninos. Na presença deles eu sentia um humilhante constrangimento.

Eles contavam os cigarros que eu fumava e essa branda curiosidade me fazia segurar meu cigarro num ângulo estranho, desajeitado, como se eu estivesse fumando pela primeira vez; ficava derrubando cinzas em meu colo e o olhar límpido deles passava atentamente de minha mão para o pólen cinza-claro que gradualmente se impregnava na lã.

    Matilda, uma amiga dos pais deles, os visitava com frequência e ficava para jantar. Uma noite, quando ela estava saindo e chovia ruidosamente, emprestaram-lhe um guarda-chuva e ela disse: "Que bom, muito obrigada, o jovem vai me acompanhar até em casa e traz de volta." A partir desse momento, acompanhá-la até em casa passou a ser um de meus deveres. Creio que ela me era bem atraente, aquela dama roliça, desinibida, de olhos bovinos, com sua grande boca que se fechava num bico carmesim, um quase botão de rosa, quando ela olhava no espelho de bolso para empoar o rosto. Tinha tornozelos finos e um andar gracioso, que compensavam muitas coisas. Ela exsudava generosa cordialidade; assim que aparecia, eu tinha a sensação de que o aquecimento da sala tinha sido aumentado, e quando, depois de me livrar dessa grande fornalha viva ao acompanhá-la até em casa, eu voltava caminhando sozinho por entre os sons líquidos e o brilho mercurial da noite impiedosa, eu sentia frio, frio a ponto da náusea.

    Depois, o marido dela chegou de Paris e vinha jantar com ela; era um marido como qualquer outro e eu não prestava muita atenção nele, a não ser para notar o hábito que ele tinha de, antes de falar, limpar a garganta no punho com um rápido pigarro; e a pesada bengala preta de castão brilhante com a qual batia no chão enquanto Matilda transformava a despedida de sua anfitriã num animado solilóquio. Um mês depois, seu marido partiu e logo na primeira noite em que a acompanhei à sua casa, Matilda me convidou para subir e pegar um livro que estava havia muito tempo me convencendo a ler, alguma coisa em francês chamada *Ariane, jeune fille russe*. Estava chovendo, como sempre, e havia trêmulos halos em torno das luzes da rua; minha mão direita estava mergulhada no pelame quente de seu casaco de pele de toupeira; com a mão esquerda eu segurava um guarda-chuva aberto, onde a noite tamborilava. Esse guarda-chuva, depois, no apartamento de Matilda, ficou aberto junto a um radiador a vapor e pingava, pingava, derramando uma lágrima a cada meio minuto, conseguindo assim formar uma grande poça. Quanto ao livro, eu o esqueci de levar.

  Matilda não foi minha primeira amante. Antes dela, eu havia sido amado por uma costureira em São Petersburgo. Ela também era roliça, e ela também ficava me aconselhando a ler um certo romancinho (*Murochka, A história da vida de uma mulher*). Essas duas damas amplas emitiam, durante a tempestade sexual, um pio agudo, perplexo, infantil, e às vezes me parecia um esforço perdido tudo o que havia enfrentado ao escapar da Rússia bolchevista, ao atravessar, morrendo de medo, a fronteira da Finlândia (mesmo sendo por trem expresso e com uma prosaica permissão), só para passar de um abraço para outro quase idêntico. Além disso, Matilda logo começou a me entediar. Tinha um assunto de conversação constante e, para mim, deprimente: seu marido. Esse homem, ela dizia, era um nobre bruto. Ele a mataria no ato se descobrisse. Ele a venerava e era ferozmente ciumento. Uma vez, em Constantinopla, ele agarrara um francês muito empreendedor e o lançara várias vezes ao chão, como um trapo. Ele era tão apaixonado que assustava. Mas era belíssimo em sua crueldade. Eu tentava mudar de assunto, mas aquilo era como um cavalinho de brinquedo de Matilda, que ela montava com suas fortes coxas gordas. A imagem que ela criava do marido era difícil de juntar à aparência do homem que eu mal havia notado; ao mesmo tempo, eu achava extremamente desagradável conjeturar que aquilo talvez não fosse absolutamente fantasia dela e que, naquele momento, um demônio ciumento em Paris, pressentindo sua situação delicada, desempenhava o papel banal que lhe fora atribuído por sua esposa: rilhando os dentes, revirando os olhos e respirando pesadamente pelo nariz.

  Muitas vezes, ao voltar a pé para casa, a cigarreira vazia, o rosto queimando na brisa da aurora como se eu tivesse acabado de remover uma maquiagem teatral, cada passo lançando uma pontada de dor que ecoava em minha cabeça, eu inspecionava minha débil felicidadezinha de um lado e de outro e me assombrava, tinha pena de mim mesmo e me sentia desanimado e medroso. O ápice do ato amoroso era para mim nada mais que um árido promontório com uma vista desoladora. Afinal de contas, para viver feliz, um homem tem de conhecer vez ou outra alguns momentos de perfeito vazio. No entanto, eu estava sempre exposto, sempre de olhos bem abertos; mesmo no sono eu não cessava de me observar, sem entender nada de minha existência, enlouquecendo com a ideia de não conseguir deixar de ser tão consciente de minha presença, e invejando toda aquela gente simples — escriturários, revolucionários, lojistas — que, com confiança e concentração, desempenham seus pequenos trabalhos. Eu não tinha uma carapaça desse tipo; e naquelas manhãs terríveis, de um azul esmaecido, enquanto meus calcanhares batiam a solidão da cidade, eu imaginava alguém que enlouquece porque começa a perceber claramente o movimento da esfera terrestre: lá está ele, cambaleando, tentando manter o equilíbrio, apoiado à mobília; ou então acomodado junto à janela com um sorriso excitado, como um estranho num trem que vira para você com as palavras: "Queimando os trilhos, não é?" Mas logo todo balanço e movimento o deixaria enjoado; ele começaria a chupar um limão ou um cubo de gelo e deitaria no chão, mas tudo inútil. O movimento não pode ser detido, o condutor é cego, os breques desapareceram — e seu coração explodiria quando a velocidade se tornasse insuportável.

E como eu estava solitário! Matilda, que perguntava timidamente se eu escrevia poesia; Matilda, que na escada ou na porta astutamente me incitava a beijá-la, só pela oportunidade de um falso tremor e um apaixonado sussurro: "Que menino louco..." Matilda, claro, não contava. E quem mais eu conhecia em Berlim? A secretária de uma organização de assistência a *émigrés*; a família que me empregava como tutor; o sr. Weinstock, proprietário da livraria russa; a velhinha alemã de quem eu antes alugara um quarto — uma parca lista. De forma que todo o meu ser indefeso convidava à calamidade. Uma noite, o convite foi aceito.

Era por volta das seis da tarde. O ar dentro de casa estava ficando pesado com o baixar do crepúsculo e eu mal conseguia enxergar as linhas da engraçada história de Tchekov que estava lendo com voz titubeante para meus alunos; mas não ousava acender as luzes: aqueles meninos tinham um pendor estranho, nada infantil, para a parcimônia, um certo instinto doméstico odioso; sabiam o preço exato da salsicha, da manteiga, da eletricidade, de várias marcas de carro. Enquanto lia em voz alta *O romance com contrabaixo* tentando em vão entretê-los e, envergonhado por mim mesmo e pelo pobre autor, eu sabia que eles se davam conta de minha batalha com a penumbra do entardecer e estavam esperando friamente para ver se eu conseguia aguentar até se acender a primeira luz na casa do outro lado da rua para dar o exemplo. Eu consegui e a luz foi minha recompensa.

    Estava me preparando para pôr mais ânimo em minha voz (com a chegada da passagem mais hilariante da história) quando, de repente, o telefone tocou no hall. Estávamos sozinhos no apartamento, e os meninos imediatamente pularam e apostaram corrida até o som estridente. Fiquei com o livro aberto no colo, sorrindo ternamente para a linha interrompida. O chamado, afinal, era para mim. Sentei-me à rangente poltrona de vime e pus o receptor no ouvido. Meus alunos ficaram me observando, imperturbáveis, um à minha direita, outro à minha esquerda.

    "Estou a caminho", disse uma voz masculina. "Você vai estar em casa, acredito?"

    "Pode acreditar, sim", respondi alegremente. "Mas quem é você?"

    "Não me reconhece? Melhor ainda — será uma surpresa", disse a voz.

    "Mas eu gostaria de saber quem está falando", insisti, rindo. (Depois, foi apenas com horror e vergonha que conseguia pensar na risonha inconsequência de meu tom.)

    "Em seu devido tempo", disse a voz, secamente.

    Aí comecei realmente a brincar. "Mas por quê? Por quê?", perguntei. "Que jeito divertido de..." Entendi que estava falando para um vácuo, dei de ombros e desliguei.

Voltamos para a saleta. Eu disse: "Então, agora, onde estávamos?" e, encontrando o ponto, retomei a leitura.

No entanto, eu sentia uma estranha inquietação. Enquanto lia em voz alta mecanicamente, ficava imaginando quem poderia ser esse visitante. Alguém recém-chegado da Rússia? Repassei vagamente os rostos e vozes que eu conhecia — ai, não eram tantos — e me detive por alguma razão em um estudante chamado Ushakov. A lembrança de meu único ano na universidade na Rússia, e de minha solidão lá, guardava esse Ushakov como um tesouro. Quando, durante uma conversa, eu assumia uma expressão inteligente, vagamente sonhadora, à menção da canção festiva *Gaudeamus igitur* e dos despreocupados tempos de estudante, significava que estava pensando em Ushakov, muito embora, sabe Deus, eu houvesse tido apenas umas duas conversas com ele (sobre política ou outra trivialidade, me esqueço o quê). Era muito pouco provável, porém, que ele fosse tão misterioso ao telefone. Perdi-me em conjeturas, imaginando ora um agente comunista, ora um milionário excêntrico em busca de um secretário.

A campainha da porta. De novo os meninos correram para o hall. Eu pus o livro em cima da mesa e segui atrás deles. Com grande satisfação e destreza, eles puxaram a pequena trava de aço, mexeram com alguma outra geringonça e a porta se abriu.

Uma estranha lembrança... Mesmo agora, agora que tantas coisas mudaram, meu coração para quando evoco a estranha lembrança, como um bandido perigoso em sua cela. Foi então que todo um muro de minha vida desmoronou, bem silenciosamente, como num filme mudo. Entendi que algo catastrófico estava para acontecer, mas havia, sem dúvida, um sorriso em meu rosto e, se não me engano, um sorriso simpático; e minha mão, estendida, condenada a encontrar um vazio, e prevendo esse vazio, mesmo assim procurou completar o gesto (associado em minha mente ao som da frase "cortesia elementar").

"Baixe essa mão" foram as primeiras palavras do visitante, quando olhou minha palma estendida, que já estava mergulhando num abismo.

Não era de admirar que eu não tivesse reconhecido a voz dele um momento antes. O que tinha passado pelo telefone como uma certa qualidade tensa distorcendo um timbre familiar era, na verdade, uma raiva bastante excepcional, um som grave que até então eu nunca tinha ouvido numa voz humana. Essa cena permanece em minha memória como um *tableau vivant*: o hall brilhantemente iluminado; eu sem saber o que fazer com minha mão rejeitada; um menino à direita e um menino à esquerda, ambos olhando não para o visitante, mas para mim; e o próprio visitante, com uma capa de chuva cor de oliva com elegantes ombreiras, o rosto pálido como paralisado pelo flash de um fotógrafo, com olhos salientes, narinas dilatadas e um lábio repleto de veneno sob o negro triângulo equilátero do bigode. Então começaram os movimentos mal perceptíveis: os lábios dele estalaram ao se abrirem, e a grossa bengala preta em sua mão tremeu ligeiramente; eu não conseguia mais tirar os olhos daquela bengala.

"O que é isto?", perguntei. "Qual é o problema? Deve haver algum mal-entendido... Com certeza, um mal-entendido..." Nessa altura, encontrei um lugar humilhante, impossível para minha mão ainda não acomodada, ainda à espera: numa vaga tentativa de manter minha dignidade, deixei a mão pousar no ombro de um dos meus alunos: o menino olhou para ela, desconfiado.

"Olhe, meu bom homem", despejou o visitante, "afaste-se um pouco. Não vou machucar os dois, não precisa proteger os meninos. O que preciso é de algum espaço, porque vou acabar com você".

"O senhor não está em sua casa", eu disse. "Não tem o direito de armar confusão. Não entendo o que quer de mim..."

Ele me bateu. Me deu uma bengalada ruidosa e quente bem no ombro e eu caí para um lado com a força do golpe, fazendo a cadeira de vime deslizar para longe de mim como uma coisa viva.

Ele mostrou os dentes e se preparou para me bater de novo. O golpe pegou em meu braço levantado. Então recuei e fugi para a saleta. Ele veio atrás de mim. Outro detalhe curioso: eu estava gritando no auge da minha voz, me dirigindo a ele por nome e patronímico, perguntando aos gritos o que eu tinha feito a ele. Quando me alcançou de novo, tentei me proteger com uma almofada que peguei na corrida, mas ele arrancou-a de minha mão. "Isso é uma desgraça", gritei. "Estou desarmado. Fui difamado. Vai pagar por isto..." Refugiei-me atrás de uma mesa e, como antes, tudo ficou um momento congelado como num tableau. Ali estava ele, dentes à mostra, bengala erguida e, atrás dele, um de cada lado da porta, os meninos: talvez minha memória tenha estilizado este ponto, mas, juro mesmo, acredito de fato que um estava encostado na parede de braços cruzados, o outro sentado no braço de uma poltrona, ambos observando imperturbáveis o castigo que me era aplicado. Então tudo entrou em movimento outra vez, e nós quatro passamos para a sala vizinha; o nível do ataque dele baixou perversamente, minhas mãos formaram uma abjeta folha de parreira, e então, com um horrível golpe cegante, me deu uma pancada no rosto. Curioso como eu, pessoalmente, nunca consegui bater em ninguém, por mais que me ofendessem, e agora, debaixo daquela bengala pesada, não só eu era incapaz de reagir (não sendo versado nas artes masculinas), como mesmo naqueles momentos de dor e humilhação não consegui imaginar a mim mesmo levantando a mão para um semelhante, principalmente se o semelhante fosse bravo e forte; nem tentei escapar para o meu quarto, onde, numa gaveta, havia um revólver — comprado, ai, só para espantar fantasmas.

 A imobilidade contemplativa de meus dois alunos, as poses diferentes em que estavam imóveis como afrescos no fundo de uma sala ou de outra, o modo atencioso como acenderam a luz no momento em que recuei para a sala de jantar — tudo isso deve ser uma ilusão da percepção, impressões desconjuntadas às quais atribuí significado e permanência e, a propósito, tão arbitrárias quanto um joelho levantado de um político surpreendido pela câmera não no ato de dançar, mas apenas no de atravessar uma poça.

 Na verdade, parece, eles não estiveram presentes durante minha execução; a certo momento, temendo pela mobília dos pais, ciosamente tentaram telefonar para a polícia (tentativa que o homem interrompeu com um bramido trovejante), mas eu não sei onde localizar esse momento — no começo, ou na apoteose de sofrimento e horror quando eu finalmente despenquei para o chão, expondo as costas curvadas a seus golpes, repetindo, rouco: "Basta, basta, eu sofro do coração... Basta, eu sofro..." Meu coração, permitam que eu faça um parêntese, sempre funcionou muito bem.

Um minuto depois, estava tudo acabado. Ele acendeu um cigarro, ofegando alto e chacoalhando a caixa de fósforos; ficou ali um momento, avaliando as coisas, depois disse algo sobre uma "pequena lição", ajeitou o chapéu e saiu depressa. Eu me levantei do chão imediatamente e fui para meu quarto. Os meninos correram atrás de mim. Um deles tentou passar pela porta. Eu o empurrei para longe com uma cotovelada e sei que doeu. Tranquei a porta, lavei o rosto, quase chorando por causa do contato cáustico com a água, depois peguei minha mala debaixo da cama e comecei a arrumá-la. Era difícil — minhas costas doíam e a mão esquerda não funcionava direito.

Quando saí para o hall, de casaco, levando a mala pesada, os meninos reapareceram. Nem olhei para eles. Enquanto descia a escada, senti que me olhavam de cima, debruçados no corrimão. Um pouco mais abaixo, encontrei com sua professora de música; acontece que terça era o dia dela. Era uma moça russa submissa, de óculos e pernas arqueadas. Não a cumprimentei mas, escondendo o rosto inchado e espicaçado pelo mortal silêncio de sua surpresa, saí correndo para a rua.

Antes de cometer suicídio eu queria escrever algumas cartas tradicionais e, por cinco minutos ao menos, ficar em segurança. Portanto, parei um táxi e fui ao meu endereço anterior. Por sorte, meu quarto de sempre estava vago e a velhinha proprietária começou a arrumar a cama imediatamente — um esforço inútil. Esperei, impaciente, que ela saísse, mas ela ficou enrolando um longo tempo, enchendo a jarra, enchendo a garrafa, puxando a cortina, puxando a corda enroscada ou algo assim, enquanto olhava para cima com a boca negra aberta. Por fim, depois de emitir um miado de despedida, ela saiu.

Um homenzinho arrasado, trêmulo, vulgar, de chapéu-coco, estava parado no centro do quarto, esfregando as mãos por alguma razão. Foi o lampejo que tive de mim mesmo no espelho. Então abri depressa a mala, tirei papel para escrever e envelopes, encontrei um miserável toco de lápis em meu bolso e me sentei à mesa. Acontece, porém, que eu não tinha ninguém a quem escrever. Conhecia pouca gente e não amava ninguém. Então a ideia das cartas foi abandonada, e o resto abandonado também; eu tinha imaginado vagamente que devia arrumar as coisas, vestir roupa limpa e deixar todo meu dinheiro — vinte marcos — num envelope com uma nota dizendo quem deveria recebê-lo. Me dei conta naquele momento de que havia decidido tudo isso não naquele dia, mas muito tempo antes, quando, em várias situações, costumava imaginar, inconsequentemente, como as pessoas faziam para se matar com um tiro. Um convicto morador da cidade que recebe um convite inesperado de um amigo do campo começa por adquirir uma garrafa térmica e um sólido par de botas, não porque possa efetivamente precisar disso, mas, inconscientemente, como consequência de certas ideias anteriores, não questionadas, sobre o campo com suas longas caminhadas por florestas e montanhas. Mas, quando ele chega, não há floresta e nem montanhas, nada além de terra plana arável, e ninguém quer passear pela estrada no calor. Eu via agora, como alguém que vê um campo de nabos real em vez do cartão-postal de vales e relvados, como eram convencionais minhas ideias anteriores sobre as ocupações pré-suicidas; um homem que optou pela autodestruição está muito afastado das questões mundanas, e sentar e escrever seu testamento seria, num momento desses, um ato tão absurdo quanto dar corda no relógio, uma vez que, junto com o homem, o mundo inteiro é destruído; a última carta é instantaneamente reduzida a pó e, com ela, todos os carteiros; e, como fumaça, desaparece a propriedade deixada a uma prole inexistente.

Uma coisa que eu suspeitava havia muito — o absurdo do mundo — ficou óbvia para mim. De repente, eu me senti inacreditavelmente livre e a própria liberdade era uma indicação desse absurdo. Peguei a nota de vinte marcos e a piquei em pedacinhos. Tirei o relógio de pulso e fiquei atirando-o no chão até ele parar. Não me ocorreu que, se eu quisesse, poderia naquele momento correr para a rua e, com vulgares expressões de lascívia, abraçar qualquer mulher que escolhesse; ou dar um tiro na primeira pessoa que encontrasse, ou estilhaçar a vitrine de uma loja... Isso era praticamente tudo o que eu conseguia pensar: a imaginação da ausência de lei tem um âmbito limitado.

Cautelosamente, desajeitadamente, carreguei o revólver, depois apaguei a luz. A ideia da morte, que um dia tanto me assustara, era para mim agora uma coisa íntima e simples. Eu tinha medo, um medo terrível da dor monstruosa que a bala poderia me causar; mas ter medo do negro sono veludoso, da escuridão uniforme, tão mais aceitável e compreensível que a variegada insônia da vida? Bobagem. Como alguém pode ter medo *disso*? Parado no centro do quarto escuro, desabotoei a camisa, inclinei o corpo do quadril para cima, apalpei e localizei meu coração entre as costelas. Estava pulsando como um animalzinho que se quer carregar para um lugar seguro, uma avezinha ou um rato-do-mato ao qual não se pode explicar que não há nada a temer, que, ao contrário, você está agindo para seu próprio bem. Mas estava tão vivo, meu coração; achei um tanto repugnante encostar o cano com força na pele fina debaixo da qual um mundo portátil pulsava alegremente, e então, desajeitado, afastei um pouco meu braço dobrado, de forma que o aço não tocasse meu peito nu. Então me retesei e atirei. Houve um tranco forte e um delicioso som vibrante soou atrás de mim; essa vibração eu jamais esquecerei. Que foi imediatamente substituída por um gorjeio de água, um ruído efusivo e cavo. Inalei e engasguei com a liquidez; tudo dentro de mim e em torno de mim estava flutuando e em movimento. Me vi ajoelhado no chão; estendi a mão para me equilibrar, mas ela afundou no chão como em água sem fundo.

Algum tempo depois, se aqui se pode falar de tempo, ficou claro que após a morte o pensamento humano continua vivo por impulsão. Eu estava firmemente enfaixado com alguma coisa — seria uma mortalha? Seria simplesmente uma apertada escuridão? Eu me lembrava de tudo — meu nome, minha vida na terra — com perfeita clareza e sentia um maravilhoso conforto diante da ideia de que agora não havia nada com que me preocupar. Com perversa e neutra lógica avancei da incompreensível sensação de bandagens apertadas para a ideia de um hospital e, imediatamente, obediente à minha vontade, uma espectral ala hospitalar materializou-se à minha volta e eu tinha vizinhos, múmias como eu, três de cada lado. Que coisa poderosa o pensamento humano, que conseguia continuar lutando além da morte! Deus sabe quanto tempo mais iria pulsar e criar imagens depois que meu defunto cérebro deixasse de servir para qualquer coisa. A cratera familiar de um dente cariado ainda estava em mim e, paradoxalmente, isso permitia um cômico alívio. Eu tinha certa curiosidade sobre como haviam me enterrado, se tinha havido uma missa de réquiem e quem tinha ido ao funeral.

Com que persistência, porém, e com que perfeição — como se sentisse falta de sua anterior atividade — meu pensamento ia produzindo a aparência de um hospital, e a aparência de formas humanas vestidas de branco se deslocando entre as camas, de uma das quais subia a aparência de gemidos humanos. De boa vontade cedi a essas ilusões e as excitei e provoquei até ter conseguido criar um quadro completo e natural, um caso simples de um ferimento leve causado por uma bala inábil que atravessou o *serratus*; aqui um médico (que eu tinha criado) apareceu e se apressou a confirmar minhas despreocupadas conjeturas. Então, enquanto eu ria, jurando que tinha sido desajeitado ao descarregar o revólver, minha velha locadora apareceu também, usando um chapéu de palha preta debruado de cerejas. Ela se sentou junto à cama, perguntou como eu estava e, balançando o dedo timidamente para mim, mencionou a jarra que tinha sido quebrada pela bala... ah, com que habilidade, em que termos simples, cotidianos, meu pensamento explicava o tilintar e o gorgolejar que tinham me acompanhado à minha não existência!

Achei que a impulsão póstuma de meu pensamento logo se esgotaria, mas aparentemente, enquanto eu estava vivo, minha imaginação tinha sido tão fértil que restava dela o suficiente para durar um longo tempo. Continuei desenvolvendo o tema da recuperação, e logo mais me dei alta do hospital. A restauração de uma rua de Berlim pareceu um grande sucesso e, enquanto eu planava por uma calçada, experimentando meus pés ainda fracos, praticamente desencarnados, ia pensando em assuntos cotidianos: que eu precisava mandar consertar meu relógio e comprar uns cigarros; e que eu não tinha dinheiro. Ao me pegar com esses pensamentos — não muito alarmantes, por sinal —, evoquei vividamente a nota de vinte marcos, cor de carne com sombras castanhas, que eu havia rasgado antes do meu suicídio, e de minha sensação de liberdade e impunidade naquele momento. Agora, porém, minha ação adquiria uma certa significação vingativa e eu me alegrei de ter me limitado a um capricho melancólico e não ter ido brincar na rua. Porque eu agora sabia que depois da morte o pensamento humano, livre do corpo, mantém em movimento uma esfera em que tudo é interconectado como antes, e tem um relativo grau de senso, e que o tormento de um pecador no outro mundo consiste precisamente em que sua mente tenaz não consiga encontrar sossego até conseguir desvendar as complexas consequências de suas impensadas ações terrestres.

  Caminhei por ruas lembradas; tudo parecia muito com a realidade e no entanto não havia nada para provar que eu não estava morto e que a Passauer Strasse não era uma quimera pós-existente. Eu me via de fora, andando sobre a água, por assim dizer, e fiquei ao mesmo tempo tocado e assustado como um fantasma inexperiente que observa a existência de uma pessoa cujo revestimento interior, noite interior, boca e gosto na boca, ele conhecia tão bem quanto a forma da pessoa.

Meu movimento mecânico de flutuação me levou à loja de Weinstock. Livros russos, impressos instantaneamente para me animar, logo apareceram na vitrine. Por uma fração de segundo, alguns títulos ainda pareciam enevoados; focalizei neles e a névoa se desfez. A livraria estava vazia quando entrei e a estufa de ferro fundido queimava num canto com a chama branda dos infernos medievais. Em algum lugar, atrás e embaixo do balcão, ouvi Weinstock ofegando. "Rolou para baixo", ele murmurava com voz apertada, "rolou para baixo". Então se levantou e aqui peguei minha imaginação (a qual, é verdade, era levada a trabalhar muito depressa) numa inexatidão: Weinstock usava um bigode, mas agora o bigode não estava ali. Minha fantasia não o havia terminado a tempo e o pálido espaço onde devia estar o bigode não mostrava nada além de um pontilhado azulado.

"Você está horrível", ele disse, à guisa de saudação. "Mal, mal. O que aconteceu com você? Esteve doente?" Respondi que de fato tinha estado doente. "Gripe por todo lado", disse Weinstock. "Faz bastante tempo", ele continuou. "Me diga, arrumou emprego?"

Respondi que durante algum tempo tinha trabalhado como tutor, mas que agora perdera essa colocação e que queria muito fumar.

Um cliente entrou e pediu um dicionário russo-espanhol. "Acho que temos um", disse Weinstock, virando para as estantes e percorrendo com o dedo as lombadas de vários pequenos volumes grossos. "Ah, aqui tem um russo-português... praticamente a mesma coisa."

"Vou levar", disse o cliente e saiu com sua compra inútil.

Nesse meio-tempo, um suspiro profundo, vindo da parte de trás da loja, chamou minha atenção. Alguém, escondido por livros, passou arrastando os pés com um *"och-och-och"* russo.

"Contratou um ajudante?", perguntei a Weinstock.

"Esse eu vou mandar embora logo", respondeu em voz baixa. "É um velho absolutamente inútil. Preciso de alguém moço."

"E como vai a Mão Negra, Vikentiy Lvovich?"

"Se você não fosse um cético tão malicioso", disse Vikentiy Lvovich Weinstock, com digna reprovação, "eu poderia lhe contar muita coisa interessante". Estava um pouco ferido e aquilo era inoportuno: minha condição fantasmal, impecuniária, sem peso, tinha de ser resolvida de um jeito ou de outro, mas em vez disso minha fantasia estava produzindo uma conversinha bastante insípida.

"Não, não, Vikentiy Lvovich, por que me chama de cético? Ao contrário, não se lembra? Essa história uma vez me custou um bom dinheiro."

De fato, quando conheci Weinstock, encontrei nele de imediato um traço de afinidade, uma tendência a ideias obsessivas. Ele estava convencido de que era observado regularmente por certas pessoas, a quem se referia, com um misterioso laconismo, como "agentes". Ele insinuava a existência de uma "lista negra" na qual seu nome supostamente aparecia. Eu costumava brincar com ele, mas tremia por dentro. Um dia, me pareceu estranho encontrar de novo com um homem que eu havia notado por acaso naquela mesma manhã no bonde, um sujeito loiro desagradável, com olhos astutos — e agora ali estava ele, parado na esquina de minha rua e fingindo ler um jornal. Dali em diante, comecei a me sentir inquieto. Ralhava comigo mesmo e mentalmente ridicularizava Weinstock, mas não conseguia fazer nada contra minha imaginação. À noite, eu achava que alguém estava subindo e entrando pela janela. Por fim, comprei um revólver e me acalmei completamente. Era a esse gasto (ainda mais ridículo, uma vez que agora meu porte de arma havia sido revogado) que eu me referia.

"Que adianta uma arma para você?", ele retorquiu. "Eles são ladinos como o diabo. Contra eles só existe uma defesa possível: o cérebro. Minha organização..." De repente, ele me deu um olhar desconfiado, como se tivesse falado demais. Então me decidi e expliquei, tentando manter um ar jocoso, que eu me encontrava numa situação peculiar — não tinha mais ninguém de quem emprestar dinheiro, porém ainda tinha de viver e fumar; e enquanto eu dizia tudo isso, me lembrava de um estranho falante a quem faltava um dente da frente, que um dia se apresentou à mãe de meus alunos e, exatamente no mesmo tom jocoso, contara que ele tinha de ir a Wiesbaden naquela noite e lhe faltavam exatamente noventa pfennigs. "Bom", ela disse, calma, "pode guardar sua história de Wiesbaden, mas acho que vou lhe dar vinte pfennigs. Mais eu não posso, puramente por uma questão de princípio".

Agora, porém, enquanto eu me permitia essa justaposição, não me sentia nem um pouco humilhado. Depois do tiro — aquele tiro que, em minha opinião, tinha sido fatal — eu observava a mim mesmo com curiosidade em lugar de compaixão, e meu doloroso passado — antes de tomar o tiro — era-me agora estranho. Essa conversa com Weinstock acabou sendo o começo de uma nova vida para mim. Em relação a mim mesmo, eu era agora um observador. Minha crença na natureza fantasmal de minha existência me permitia certos divertimentos.

\* \* \*

É tolice procurar uma lei básica, mais tolice ainda encontrá-la. Algum homenzinho de espírito mesquinho decide que todo o curso da humanidade pode ser explicado em termos de signos do zodíaco rodando insidiosamente ou como um combate entre uma barriga vazia e uma cheia; ele contrata um meticuloso filisteu para servir de escriturário da musa Clio e inicia um comércio atacadista em épocas e massas; e depois coitado do individuum privado, com seus pobres dois us, gritando desesperadamente em meio ao denso crescimento de causas econômicas. Felizmente, tais leis não existem: uma dor de dentes custará uma batalha, um chuvisco cancela uma insurreição. Tudo é fluido, tudo depende do acaso, e inúteis foram todos os esforços daquele rabugento burguês de calça xadrez vitoriana, autor de *Das Kapital*, fruto de insônia e enxaqueca. Há um prazer excitante em olhar para o passado e perguntar a si mesmo: "O que teria acontecido se..." e substituir uma ocorrência casual por outra, observando como, de um momento cinzento, árido, enfadonho, na vida de uma pessoa, brota um maravilhoso evento róseo que na realidade não floresceu. Uma coisa misteriosa, essa estrutura ramificada da vida: a gente sente a cada instante que passa uma separação de caminhos, um "assim" e um "de outro modo", com inúmeros, fascinantes zigue-zagues bifurcando e trifurcando contra o pano de fundo escuro do passado.

Todas essas ideias simples sobre a natureza ondulante da vida vêm à mente quando penso como seria fácil não ter nunca me acontecido alugar um quarto na casa número 5 da rua Pavão, ou conhecer Vanya e sua irmã, ou Roman Bogdanovich, ou muitas outras pessoas que eu de repente encontrei, que começaram a viver todas ao mesmo tempo, tão inesperadamente e desusadamente, em torno de mim. E mais uma vez, se eu tivesse me instalado numa casa diferente depois de minha espectral saída do hospital, talvez uma inimaginável felicidade tivesse se tornado meu interlocutor familiar... quem sabe, quem sabe...

Acima de mim, no último andar, vivia uma família russa. Eu os conheci por meio de Weinstock, de quem compravam livros — outro recurso fascinante na parte da fantasia que dirige a vida. Antes de nos conhecermos de fato, nos encontrávamos sempre na escada e trocávamos olhares um tanto desconfiados, como fazem os russos no exterior. Notei Vanya imediatamente, e imediatamente meu coração deu um salto; como quando, num sonho, a gente entra num quarto à prova de sonho e encontra ali dentro, à disposição de seu sonho, sua presa sonho-encurralada. Vanya tinha uma irmã casada, Evgenia, uma moça com um belo rosto quadrado que fazia pensar em um afável e bem-apessoado buldogue. Havia também o corpulento marido de Evgenia. Uma vez, no hall de baixo, aconteceu de eu segurar a porta para ele e seu "obrigado" alemão (*danke*) malpronunciado rimava exatamente com o caso locativo da palavra russa para "banco" — onde, por sinal, ele trabalhava.

Com eles vivia Marianna Nikolaevna, uma parenta, e, à noite, eles recebiam visitas, quase sempre as mesmas. Evgenia era considerada a dona da casa. Tinha um senso de humor agradável; ela é que apelidara sua irmã de "Vanya", quando esta última pedira para ser chamada de "Mona Vanna" (por causa da heroína de alguma peça), considerando o som de seu nome verdadeiro — Varvara — algo sugestivo de corpulência e marcas de varíola. Levei algum tempo para me acostumar com esse diminutivo do masculino "Ivan"; pouco a pouco, porém, adquiriu para mim o tom exato que Vanya associava com langorosos nomes femininos.

As duas irmãs se pareciam; o franco peso buldogue dos traços da mais velha era apenas perceptível em Vanya, mas de maneira diferente emprestava significado e originalidade à beleza de seu rosto. Os olhos das irmãs também eram similares — preto-acastanhados, ligeiramente assimétricos e um pouquinho amendoados, com divertidas dobrinhas nas pálpebras escuras. Os olhos de Vanya eram mais opacos na íris do que os de Evgenia, e diferentes dos de sua irmã, um tanto míopes, como se sua beleza os tornasse não inteiramente adequados para o uso cotidiano. Ambas eram morenas e usavam o cabelo do mesmo jeito: repartido ao meio com um grande coque apertado, baixo, na nuca. Mas o cabelo da mais velha não assentava com a mesma maciez celestial e faltava-lhe aquele brilho precioso. Quero afastar Evgenia, me livrar dela inteiramente, de forma a encerrar a necessidade de comparar as irmãs; e ao mesmo tempo sei que, não fosse pela semelhança, o encanto de Vanya não seria inteiramente completo. Só suas mãos não eram elegantes: a palma pálida contrastava muito fortemente com o dorso da mão, que era muito rosado e de nós grandes. E havia sempre pequenas manchinhas brancas em suas unhas redondas.

Quanta concentração mais é necessária, qual intensidade complementar o olhar de uma pessoa tem de adquirir para que o cérebro domine a imagem visual de alguém? Ali estão elas sentadas no sofá; Evgenia usando um vestido preto de veludo e grandes contas adornam seu pescoço branco; Vanya está de carmesim com pequenas pérolas no lugar das contas; os olhos, baixos sob as grossas sobrancelhas pretas; um toque de pó não disfarça a ligeira irritação na glabela larga. As irmãs usam sapatos novos idênticos e ficam olhando uma para os pés da outra — sem dúvida o mesmo tipo de sapato não fica tão bem no pé de uma como no da outra. Marianna, uma loira médica de voz peremptória, está falando com Smurov e Roman Bogdanovich sobre os horrores da recente guerra civil na Rússia. Krushchov, marido de Evgenia, um cavalheiro jovial de nariz gordo — que ele manipula continuamente, puxando ou beliscando uma narina como se tentasse retorcê-la e arrancar —, está parado na porta da sala ao lado, falando com Mukhin, um jovem de pince-nez. Os dois estão de frente um para o outro em lados opostos da porta, como dois atlantes.

Mukhin e o majestoso Roman Bogdanovich conhecem a família há muito, enquanto Smurov, comparativamente, é um recém-chegado, embora dificilmente dê essa impressão. Ninguém conseguiria discernir nele a timidez que faz uma pessoa tão conspícua entre pessoas que se conhecem bem e estão ligadas pelas ressonâncias já estabelecidas de piadas privadas e pelo resíduo alusivo de nomes de pessoas que para eles vibram de significação especial, fazendo o recém-chegado sentir que o conto da revista que começou a ler tivesse realmente começado há muito tempo, em velhos números já impossíveis de obter; e enquanto ouve a conversa geral, cheia de referências a incidentes para ele desconhecidos, o estranho mantém silêncio e volta os olhos para quem estiver falando, e, quanto mais rápida a conversa, mais móvel se tornam seus olhos; mas logo o mundo invisível que vive nas palavras das pessoas à sua volta começa a oprimi-lo e ele se pergunta se não inventaram deliberadamente uma conversa da qual ele fica de fora. No caso de Smurov, porém, mesmo que ocasionalmente se sentisse de fora, com certeza não o demonstrava. Devo confessar que ele me deixou uma impressão bastante favorável naquelas primeiras noites. Não era muito alto, mas bem-proporcionado e elegante. O terno preto simples e a gravata-borboleta preta pareciam indicar, de um jeito reservado, algum luto secreto. Seu rosto pálido, magro, era juvenil, mas o observador perceptivo poderia distinguir nele os traços de tristeza e experiência. Suas maneiras eram excelentes. Um sorriso tranquilo, algo melancólico, pairava em seus lábios. Ele falava pouco, mas tudo o que dizia era inteligente e apropriado, e suas piadas frequentes, embora sutis demais para despertar grandes gargalhadas, pareciam destravar uma porta escondida na conversa, liberando um inesperado frescor. Seria de esperar que Vanya não pudesse evitar gostar dele de imediato por causa daquela nobre e enigmática modéstia, da palidez da testa e da finura das mãos... Certas coisas — por exemplo, a palavra *blagodarstvuyte* (obrigado), pronunciada sem a displicência usual, completa, mantendo assim o seu buquê de consoantes — revelavam ao observador perceptivo que Smurov pertencia à melhor sociedade de São Petersburgo.

Marianna fez uma pausa em seu relato dos horrores da guerra: finalmente notou que Roman Bogdanovich, um homem digno, de barba, queria dizer uma palavra, que mantinha na boca como se fosse um caramelo grande. Mas ele não teve sorte, porque Smurov foi mais rápido.

"Ao 'prestar ouvidos aos horrores da guerra'", disse Smurov, com um sorriso, citando errado um poema famoso, "não sinto pena 'nem do amigo, nem da mãe do amigo', mas daqueles que nunca estiveram na guerra. É difícil pôr em palavras o deleite musical que o cantar das balas nos dá... Ou quando se voa a pleno galope para o ataque...".

"A guerra é sempre horrenda", Marianna interrompeu, secamente. "Devo ter sido criada de modo diferente de você. Um ser humano que tira a vida de outro é sempre um assassino, seja ele um carrasco ou um oficial da cavalaria."

"De minha parte...", Smurov começou a dizer, mas ela o interrompeu de novo:

"Galanteria militar é um vestígio do passado. Em minha prática médica, tive muitas oportunidades de ver pessoas que foram aleijadas ou tiveram suas vidas destruídas pela guerra. Hoje em dia, a humanidade aspira por outros ideais. Não há nada mais brutalizante que servir de bucha de canhão. Talvez uma criação diferente..."

"De minha parte...", disse Smurov.

"Uma criação diferente", ela continuou depressa, "quanto a ideias de humanidade e de interesses culturais gerais me faz ver a guerra com olhos diferentes dos seus. Nunca atirei nas pessoas, nem enfiei uma baioneta em ninguém. Pode ter certeza de que entre meus colegas médicos vai encontrar mais heróis que no campo de batalha..."

"De minha parte, eu...", disse Smurov.

"Mas basta disso", Marianna falou. "Estou vendo que nenhum de nós dois vai convencer o outro. A discussão está encerrada."

Seguiu-se um breve silêncio. Smurov ficou sentado calmamente, mexendo seu chá. Sim, ele devia ser um ex-oficial, um homem audacioso que gostava de flertar com a morte e só por modéstia não diz nada sobre suas aventuras.

"O que eu queria dizer é o seguinte", trovejou Roman Bogdanovich. "Você falou de Constantinopla, Marianna Nikolaevna. Eu tinha um amigo próximo lá na multidão de *émigrés*, um certo Kashmarin, com quem eu depois discuti, um sujeito extremamente grosseiro e estourado, embora esfriasse depressa e fosse gentil à sua maneira. A propósito, ele um dia espancou um francês quase até a morte, por ciúmes. Bom, ele me contou a seguinte história. Dá uma ideia da moral turca. Imagine..."

"Espancou?", Smurov interrompeu com um sorriso. "Ah, bom. Isso é que eu gosto..."

"Quase até a morte", repetiu Roman Bogdanovich e partiu para sua narrativa.

Smurov ficava balançando a cabeça, assentindo enquanto ouvia. Era evidentemente uma pessoa que, por trás de sua despretensão e serenidade, escondia um espírito fogoso. Ele era, sem dúvida, capaz de, num momento de fúria, estraçalhar um sujeito e, num momento de paixão, carregar uma moça temerosa e perfumada debaixo da capa numa noite de vento até um barco à espera com remos abafados, sob uma fatia de lua de mel, como alguém fazia na história de Roman Bogdanovich. Se Vanya sabia avaliar um caráter, ela deve ter percebido isso.

"Anotei tudo em detalhes no meu diário", Roman Bogdanovich concluiu, complacente, e tomou um gole de chá.

Mukhin e Krushchov de novo congelaram em seus respectivos batentes da porta; Vanya e Evgenia alisaram os vestidos na direção dos joelhos com gestos idênticos; Marianna, sem nenhuma razão aparente, fixou o olhar em Smurov, que estava sentado de perfil para ela e, obediente à fórmula de tiques viris, ficava tensionando os músculos do maxilar diante o olhar inamistoso dela. Eu gostava dele. Sim, definitivamente gostava dele; e sentia que quanto mais intensamente Marianna, a culta médica, o fixava, mais nítida e harmoniosa ficava a imagem de um jovem audacioso de nervos de aço, pálido por causa das noites sem dormir passadas nas ravinas da estepe e nas estações ferroviárias bombardeadas. Tudo parecia estar indo bem.

Vikentiy Lvovich Weinstock, para quem Smurov trabalhava como vendedor (substituindo o velho inútil), sabia sobre ele menos que qualquer pessoa. Havia na natureza de Weinstock um atraente traço de displicência. Provavelmente por isso contratara alguém que não conhecia bem. Sua desconfiança exigia alimento permanente. Assim como existem pessoas normais e perfeitamente decentes que inesperadamente desenvolvem uma paixão por colecionar libélulas ou gravuras, também Weinstock, neto de vendedor de sucata e filho de antiquário, o sério, equilibrado Weinstock que passara toda a vida no negócio de livros, havia construído um pequeno mundo separado para si mesmo. Ali, na penumbra, misteriosos acontecimentos tinham lugar.

A Índia despertava nele um místico respeito: ele era uma daquelas pessoas que, à menção de Bombaim, inevitavelmente imaginam não um funcionário público britânico, vermelho de calor, mas um faquir. Ele acreditava em azar e em feiticeiras, em números mágicos e no Diabo, em mau-olhado, no poder secreto de símbolos e signos, e em ídolos de bronze de barriga de fora. À noite, ele pousava as mãos, como um pianista petrificado, sobre uma mesinha leve de três pernas. A mesa começava a ranger baixinho, emitindo trilados como de grilos e, ganhando força, se erguia sobre um lado e depois, desajeitadamente mas com força, batia uma perna no chão. Weinstock recitava o alfabeto. A mesinha acompanhava atentamente e batia nas letras certas. Vinham mensagens de César, Maomé, Pushkin e de um primo morto de Weinstock. Às vezes, a mesa era má: erguia-se e ficava suspensa no ar, ou então atacava Weinstock e batia em sua barriga. Weinstock pacificava calmamente o espírito, como um domador de animais brinca com uma fera travessa; ele recuava por toda a sala, o tempo todo com os dedos sobre a mesa que gingava atrás dele. Para suas conversas com os mortos, ele usava também uma espécie de pires marcado ou algum outro aparelho com um lápis espetado para baixo. As conversas eram registradas em cadernos especiais. Um diálogo podia ser assim:

WEINSTOCK: Encontrou descanso?
LÊNIN: Isto aqui não é Baden-Baden.
WEINSTOCK: Quer contar como é a vida no além-túmulo?
LÊNIN (*depois de uma pausa*): Prefiro não.
WEINSTOCK: Por quê?
LÊNIN: É preciso esperar até haver plenário.

Esses cadernos haviam se acumulado em grande número e Weinstock costumava dizer que algum dia iria publicar as conversas mais significativas. Muito interessante era um fantasma chamado Abum, de origem desconhecida, tolo e de mau gosto, que agia como intermediário, arranjando entrevistas entre Weinstock e vários mortos célebres. Ele tratava Weinstock com vulgar familiaridade.

WEINSTOCK: Quem sois vós, ó Espírito?
RESPOSTA: Ivan Sergeyevich.

WEINSTOCK: Qual Ivan Sergeyevich?
RESPOSTA: Turgenev.
WEINSTOCK: Você continua a criar obras-primas?
RESPOSTA: Idiota.
WEINSTOCK: Por que me agride?
RESPOSTA (*mesa convulsa*): Te enganei! Eu sou Abum.

Às vezes, quando Abum começava suas brincadeiras grosseiras, era impossível se livrar dele durante toda a sessão. "Ele é mau como um macaco", Weinstock reclamava.

 O companheiro de Weinstock nessas brincadeiras era uma pequena senhora de rosto cor-de-rosa e cabelo vermelho com mãos gordinhas, que tinha cheiro de resina de eucalipto e estava sempre resfriada. Descobri depois que eles tinham um caso havia muito tempo, mas Weinstock, que sob certos aspectos era particularmente franco, jamais deixou isso escapar. Eles se dirigiam um ao outro por seus nomes e patronímicos e se comportavam como se fossem apenas bons amigos. Ela sempre aparecia na livraria e, aquecendo-se ao lado da estufa, lia um jornal teosófico publicado em Riga. Estimulava os experimentos de Weinstock com o além e costumava contar que a mobília de seu quarto periodicamente ganhava vida, um baralho de cartas voava de um lado para outro ou se espalhava no chão, e que uma vez seu abajur de cabeceira saltara do criado-mudo e começara a imitar um cachorro puxando impacientemente a guia; o plugue finalmente se soltara, ouvira-se um ruído de corrida no escuro e o abajur fora encontrado depois no corredor, bem na frente da porta. Weinstock costumava dizer que, infelizmente, não era dotado de "poder" real, que seus nervos eram frouxos como suspensórios velhos, enquanto os nervos de um médium eram praticamente como as cordas de uma harpa. Porém, ele não acreditava em materialização e era só como curiosidade que guardava um instantâneo que lhe fora dado por um espírita que mostrava uma mulher pálida, atarracada, com os olhos fechados, expelindo pela boca uma massa fluida, como uma nuvem.

Ele gostava de Edgar Poe e de Barbey d'Aurevilly, de aventuras, de revelações, de sonhos proféticos e de sociedades secretas. A presença de lojas maçônicas, clubes de suicidas, missas negras e especialmente agentes soviéticos enviados de "lá" (e como era eloquente e assombrosa a entonação daquele "lá"!) para perseguir algum pobre homenzinho *émigré* transformava a Berlim de Weinstock em uma cidade de maravilhas em meio às quais ele se sentia perfeitamente à vontade. Ele insinuava que era membro de uma grande organização, supostamente dedicada a desvendar e desmanchar as delicadas teias tecidas por uma certa aranha vermelha brilhante, que Weinstock mandou reproduzir num anel de sinete horrivelmente berrante que dava algo de exótico à sua mão peluda.

"Eles estão por toda parte", dizia com tranquila certeza. "Por toda parte. Se eu vou a uma festa onde há cinco, dez, talvez vinte pessoas, no meio delas, pode ter toda certeza, ah, sim, toda certeza, de que há pelo menos um agente. Estou conversando, digamos, com Ivan Ivanovich e quem pode jurar que Ivan Ivanovich mereça confiança? Ou, digamos, estou com um homem trabalhando para mim em meu escritório, qualquer tipo de escritório, não necessariamente esta livraria (quero manter todas as personalidades fora disto, entenda), bem, como posso saber se ele não é um agente? Eles estão por toda parte, repito, por toda parte... É uma espionagem tão sutil... Vou a uma festa, todos os convidados se conhecem, e no entanto não há nenhuma garantia de que mesmo esse muito modesto e polido Ivan Ivanovich não seja na realidade...", e Weinstock balançava a cabeça significativamente.

Logo comecei a desconfiar que Weinstock, embora muito reservadamente, estivesse aludindo a uma pessoa determinada. Em termos gerais, qualquer pessoa que conversasse com ele sairia com a impressão de que o alvo de Weinstock seria ou o interlocutor de Weinstock ou um amigo comum. O mais incrível fora aquela vez — e Weinstock se lembrava com orgulho dessa ocasião — em que seu faro não o enganara: uma pessoa que ele conhecia bastante bem, um "sujeito de toda confiança" (expressão de Weinstock), amigo, tranquilo, realmente se revelou um venenoso espião soviético. Tenho a impressão de que ele sentiria menos deixar escapulir um espião do que perder a chance de insinuar ao espião que ele, Weinstock, tinha descoberto quem era ele.

Mesmo que Smurov realmente exalasse um certo ar de mistério, mesmo que seu passado parecesse de fato um tanto nebuloso, seria possível que ele...? Eu o vejo, por exemplo, atrás do balcão em seu alinhado terno preto, o cabelo bem-penteado, com o rosto pálido, de traços finos. Quando entra um cliente, ele cuidadosamente pousa o cigarro pela metade na borda do cinzeiro e, esfregando as mãos delicadas, atende cuidadosamente as necessidades do comprador. Às vezes — principalmente se este último é uma dama — ele sorri de leve, para expressar ou condescendência com livros em geral, ou talvez severidade consigo mesmo no papel de um vendedor comum, e dá conselhos valiosos: este é boa leitura, mas aquele é um pouco pesado; aqui o eterno conflito entre os sexos é descrito com muito interesse, e este romance não é profundo, mas é borbulhante, embriagador, sabe, como champanhe. E a dama que comprou o livro, a dama de lábios vermelhos com casaco de pele negra, leva consigo uma imagem fascinante: aquelas mãos delicadas, pegando os livros um tanto desajeitadas, aquela voz velada, aquele lampejo de sorriso, aquelas maneiras admiráveis. Na casa dos Krushchov, porém, Smurov já estava começando a deixar uma impressão um tanto diferente em alguém.

A vida dessa família no número 5 da rua Pavão era excepcionalmente feliz. O pai de Evgenia e Vanya, que passava uma boa parte do ano em Londres, mandava cheques generosos e Krushchov também ganhava um bom dinheiro. Essa, porém, não era a questão: mesmo que não tivessem um vintém, nada teria mudado. As irmãs viveriam envoltas na mesma brisa de felicidade, vinda de alguma direção desconhecida, mas sentida até pelo mais melancólico e grosseiro dos visitantes. Era como se elas tivessem partido numa viagem alegre: aquele andar superior parecia flutuar como um dirigível. Não se conseguia localizar exatamente a fonte dessa felicidade. Olhei para Vanya e comecei a achar que tinha descoberto a fonte... A felicidade dela não falava. Às vezes, ela fazia de repente uma breve pergunta e, tendo recebido a resposta, imediatamente se calava de novo, olhando fixamente a pessoa com seus belos olhos assombrados e míopes.

"Onde estão seus pais?", ela perguntou uma vez a Smurov.

"Num cemitério muito distante", ele respondeu, e por alguma razão fez uma pequena reverência.

Evgenia, que estava jogando uma bola de pingue-pongue com uma mão, disse que conseguia se lembrar da mãe delas, mas que Vanya não. Nessa noite, não havia ninguém ao lado de Smurov e do inevitável Mukhin: Marianna tinha ido a um concerto, Krushchov estava trabalhando em seu quarto e Roman Bogdanovich ficara em casa, como ficava toda sexta-feira, para escrever seu diário. Tranquilo, empertigado, Mukhin manteve silêncio, ajustando de vez em quando a pinça do pince-nez sem aro no nariz fino. Ele estava muito bem-vestido e fumava cigarros genuinamente ingleses.

Smurov, aproveitando seu silêncio, de repente ficou mais falante que em ocasiões anteriores. Dirigindo-se sobretudo a Vanya, começou a contar como tinha escapado da morte.

"Aconteceu em Yalta", disse Smurov, "quando os russos-brancos já tinham ido embora com suas tropas. Eu havia me recusado a evacuar como os outros, uma vez que planejava organizar uma unidade de partisans e continuar lutando contra os vermelhos. De início, nos escondemos nas montanhas. Num confronto, eu fui ferido. A bala atravessou o meu corpo, passando perto do pulmão esquerdo. Quando voltei a mim, estava caído de costas, e as estrelas nadavam sobre mim. O que eu podia fazer? Estava sangrando muito, sozinho numa garganta de montanha. Resolvi tentar ir até Yalta, coisa arriscada, mas não conseguia pensar em nenhuma outra saída. Foi preciso um esforço incrível. Passei a noite inteira engatinhando. Finalmente, ao amanhecer, cheguei a Yalta. As ruas ainda estavam adormecidas. Só da direção da estação ferroviária veio o som de tiros. Sem dúvida, alguém estava sendo executado lá.

"Eu tinha um amigo, um dentista. Fui até a casa dele e bati palmas debaixo da janela. Ele olhou para fora, me reconheceu e me deixou entrar imediatamente. Fiquei escondido na casa dele até meu ferimento sarar. Ele tinha uma filha muito jovem que cuidou de mim carinhosamente — mas essa é uma outra história. Evidentemente, minha presença expunha meu salvador a um terrível perigo, de forma que eu estava impaciente para ir embora. Mas ir para onde? Fiquei pensando e resolvi ir para o norte, onde diziam que a guerra civil havia se acendido outra vez. Então, uma noite, me despedi de meu bom amigo com um abraço, ele me deu algum dinheiro, o qual, se Deus quiser, eu pagarei um dia, e lá estava eu, caminhando de novo pelas ruas conhecidas de Yalta. Eu usava barba e óculos e um velho casaco de campanha. Fui diretamente para a estação. Um soldado do exército vermelho estava parado na entrada da plataforma, conferindo documentos. Eu tinha um passaporte com o nome de Sokolov, médico do exército. O guarda vermelho deu uma olhada, devolveu o documento e tudo teria dado certo não fosse por um idiota detalhe de má sorte. De repente, ouvi uma voz de mulher dizer, com toda calma: 'Ele é um branco, eu o conheço bem.'

Eu não perdi a cabeça; fiz menção de continuar atravessando a plataforma, sem olhar em torno. Mas mal tinha dado três passos quando uma voz, dessa vez de homem, gritou 'Alto!'. Eu parei. Dois soldados e uma mulher vermelha com um gorro de pele militar me cercaram. 'É ele mesmo', disse a mulher. 'Podem levar.' Eu reconheci aquela comunista como uma empregada que havia trabalhado para uns amigos meus. As pessoas costumavam brincar que a moça tinha uma queda por mim, mas eu sempre achei sua obesidade e seus lábios carnudos extremamente repulsivos. Apareceram mais três soldados e um comissário qualquer em trajes semimilitares. 'Em frente', ele disse. Eu dei de ombros e observei tranquilamente que tinha havido algum engano. 'Isso nós vemos depois', disse o comissário.

"Achei que estavam me levando para ser interrogado. Mas logo me dei conta de que as coisas eram um pouco piores. Quando chegamos ao armazém de carga bem atrás da estação, me mandaram tirar a roupa e encostar na parede. Eu enfiei a mão dentro do casaco, fingindo que ia abrir os botões, e no momento seguinte havia atirado em dois soldados com minha Browning e corria pela vida. Os outros, claro, abriram fogo contra mim. Uma bala derrubou meu boné. Eu corri em volta do armazém, pulei uma cerca, atirei num homem que veio para cima de mim com uma pá, corri para a ferrovia, atravessei para o outro lado dos trilhos, na frente de um trem que chegava, e, enquanto a longa sucessão de vagões me separava dos meus perseguidores, consegui escapar."

Smurov continuou contando como, sob a cobertura da noite, foi andando até o mar, dormiu entre barris e sacos no porto, roubou uma lata de torradas e um barrilzinho de vinho da Crimeia e, ao amanhecer, na névoa da aurora, partiu sozinho num barco de pesca, do qual foi resgatado por uma chalupa grega depois de cinco dias velejando solitário. Ele falava em tom calmo, direto, até ligeiramente monótono, como se tratasse de assuntos triviais. Evgenia estalava a língua, solidária; Mukhin ouvia atentamente, sagazmente, pigarreando de leve de quando em quando, como se não conseguisse deixar de ficar profundamente abalado pela narrativa e sentisse respeito e até inveja — boa, saudável inveja — do homem que valentemente e francamente olhara a morte cara a cara. Quanto a Vanya... não, não havia mais dúvidas, depois disso ela tinha de ficar caída por Smurov. Com quanta graça os seus cílios pontuavam o discurso dele, que deliciosa a sua revoada de pontos finais quando Smurov terminou sua história, que olhar ela deu à irmã — um úmido lampejo de soslaio —, provavelmente para se certificar de que a outra havia notado a sua excitação.

Silêncio. Mukhin abriu a cigarreira de bronze. Evgenia se agitou pensando que estava na hora de chamar seu marido para o chá. Virou-se para a porta e disse alguma coisa inaudível sobre um bolo. Vanya saltou do sofá e correu para fora também. Mukhin pegou o lenço dela do chão e o colocou cuidadosamente em cima da mesa.

"Posso fumar um dos seus?", Smurov perguntou.

"Decerto", Mukhin respondeu.

"Ah, mas tem só mais um", disse Smurov.

"Pode pegar", disse Mukhin. "Tenho mais no meu casaco."

"Cigarro inglês sempre tem cheiro de ameixa confeitada", disse Smurov.

"Ou de melaço", disse Mukhin. "Infelizmente", acrescentou, no mesmo tom de voz, "não existe estação de trem em Yalta".

Aquilo era inesperado e horrível. A maravilhosa bolha de sabão, azulada, iridescente, com o reflexo curvo da janela em sua superfície brilhante, cresce, se expande e de repente não está mais ali, e tudo o que resta é um laivo de delatora umidade a bater no rosto.

"Antes da revolução", disse Mukhin, quebrando o silêncio intolerável, "acredito que havia um projeto de ligação ferroviária entre Yalta e Simferopol. Conheço bem Yalta, estive lá muitas vezes. Me diga, por que inventou toda essa patranha?"

Ah, claro, Smurov poderia ter ainda salvado a situação, ter ainda se esgueirado para fora dela com alguma nova invenção esperta, ou então, como último recurso, sustentado com alguma piada bem-humorada o que estava desmoronando com tamanha velocidade nauseante. Smurov não só perdeu a compostura, como fez a pior coisa possível. Baixando a voz, disse, rouco: "Por favor, eu suplico, que isso fique entre nós dois."

Mukhin evidentemente ficou envergonhado pelo pobre sujeito fantasioso; arrumou o pince-nez e começou a dizer alguma coisa, mas calou-se porque naquele momento as irmãs voltaram. Durante o chá, Smurov fez um esforço desesperado para parecer alegre. Mas seu terno preto estava amarrotado e manchado, a gravata barata, com o nó feito de forma a esconder o pedaço puído, essa noite revelava aquele triste rasgo, e uma espinha brilhava desagradavelmente através do arroxeado resto de talco em seu queixo. Então é isso... Então é verdade afinal que não há nenhum enigma em Smurov, que ele não é nada mais que esse falastrão comum, agora desmascarado? Então é isso...

Não, o enigma perdurou. Uma noite, em outra casa, a imagem de Smurov desenvolveu um aspecto novo e extraordinário, que antes havia sido apenas vagamente perceptível. A sala estava calma e escura. Uma lâmpada pequena num canto havia sido encoberta por um jornal, e isso fazia a folha comum de letras de imprensa adquirir uma maravilhosa beleza translúcida. E, nessa penumbra, a conversa de repente virou para Smurov.

Começou com trivialidades. Observações de início vagas, fragmentadas, depois alusões persistentes aos assassinatos políticos do passado, depois o nome terrível de um famoso agente duplo na velha Rússia e palavras isoladas como "sangue... muita confusão... bastante...". Aos poucos essa apresentação autobiográfica foi ficando coerente e, depois de um breve relato de um sereno final de uma doença perfeitamente respeitável, conclusão estranha para uma vida singularmente vil, foi dito explicitamente o seguinte:

"Ora, isto é um alerta. Cuidado com certo homem. Ele segue os meus passos. Ele espia, ele atrai, ele trai. Já foi responsável pela morte de muitos. Um jovem grupo de *émigrés* está para atravessar a fronteira para organizar o trabalho clandestino na Rússia. Mas as redes serão abertas, o grupo estará em perigo. Ele espia, atrai, trai. Fiquem em guarda. Cuidado com um homenzinho de preto. Não se deixem enganar por sua aparência discreta. Estou dizendo a verdade..."

"E quem é esse homem?", perguntou Weinstock.

A resposta demorou para vir.

"Por favor, Azef. Conte quem é esse homem."

Sob os dedos moles de Weinstock, o pires invertido se deslocou outra vez por toda a folha com o alfabeto, correndo para cá e para lá como se orientasse a marca em sua borda para esta letra ou aquela. Fez seis paradas antes de se imobilizar como uma tartaruga em choque. Weinstock escreveu e leu em voz alta um nome conhecido.

"Ouviu?", disse, dirigindo-se a alguém no canto mais escuro da sala. "Belo negócio! Claro, nem preciso dizer que não acredito nisso nem por um segundo. Espero que não fique ofendido. E por que ficaria ofendido? Muitas vezes nas sessões acontece de os espíritos falarem bobagem." E Weinstock fingiu dispensar a história com um riso.

A situação estava ficando curiosa. Eu conseguia contar já três versões de Smurov, enquanto a original continuava desconhecida. Isso ocorre na classificação científica. Há muito tempo, Lineu descreveu uma espécie comum de borboleta e acrescentou a nota lacônica "*in pratis Westmanniae*". O tempo passa, e na louvável busca de precisão, novos investigadores nomeiam várias raças sulinas e alpinas dessa espécie comum, de forma que logo não resta nenhum ponto da Europa onde se encontre a espécie nominal e não uma subespécie local. Onde está o tipo, o modelo, o original? Então, por fim, um severo entomologista discute num trabalho detalhado todo o complexo de raças nomeadas e aceita como representativa da borboleta típica aquele espécime escandinavo desbotado de quase duzentos anos atrás coletado por Lineu; e essa identificação põe tudo nos eixos.

    Da mesma forma, eu resolvi desencavar o verdadeiro Smurov, sabendo já que sua imagem era influenciada pelas condições climáticas dominantes em várias almas; que dentro de uma alma fria ele assumia um aspecto, mas em uma ardente tinha uma coloração diferente. Estava começando a gostar desse jogo. Pessoalmente, eu via Smurov sem emoção. Certa tendência a seu favor, que existira de início, dera lugar a simples curiosidade. E no entanto eu experimentava uma excitação que me era nova. Assim como o cientista não se importa se a cor de uma asa é bonita ou não, ou se as marcas são delicadas ou sombrias (mas está interessado apenas em suas características taxonômicas), eu via Smurov sem qualquer estremecimento estético; em vez disso, encontrei uma intensa emoção na classificação das máscaras smurovianas que tão casualmente me propusera.

    A tarefa estava longe de ser fácil. Por exemplo, eu sabia perfeitamente bem que a insípida Marianna via em Smurov um oficial brutal e brilhante do exército branco, "do tipo que ia enforcando gente a torto e a direito", conforme Evgenia me informou com grande segredo durante uma conversa confidencial. Para definir essa imagem com precisão, porém, eu teria de conhecer toda a vida de Marianna, com todas as associações secundárias que ganhavam vida dentro dela quando olhava para Smurov — outras reminiscências, outras impressões casuais e todos aqueles efeitos de iluminação que variam de alma para alma. Minha conversa com Evgenia teve lugar logo depois que Marianna Nikolaevna foi embora; comentou-se que ela estava indo para Varsóvia, mas havia insinuações obscuras de uma jornada ainda mais oriental, talvez de volta ao lar; de forma que Marianna levou com ela e, a menos que alguém a corrija, perseverará até o fim de seus dias, uma ideia muito particular de Smurov.

"E você", perguntei a Evgenia, "que ideia *você* faz?".

"Ah, difícil dizer, assim de repente", ela respondeu, o sorriso enfatizando tanto a sua semelhança com um bonito buldogue quanto o tom veludoso dos olhos.

"Por favor", insisti.

"Em primeiro lugar, a timidez dele", ela falou, depressa. "É, sim, uma grande timidez. Eu tinha um primo, um rapaz muito bom, muito agradável, mas sempre que tinha de enfrentar uma porção de estranhos em uma sala elegante ele entrava assobiando para assumir um aspecto independente — casual e durão ao mesmo tempo."

"Sei, continue."

"Vamos ver, o que mais... Sensibilidade, eu diria, grande sensibilidade e, é claro, juventude; e falta de experiência com as pessoas..."

Não havia mais nada a tirar dela, e a imagem resultante era bem pálida e não muito atraente. Foi a versão de Vanya para Smurov, porém, que mais me interessou. Eu pensava nisso constantemente. Me lembro como, uma noite, o acaso pareceu me favorecer com uma resposta. Eu subira do meu quarto melancólico ao apartamento deles no sexto andar e encontrei ambas as irmãs com Krushchov e Mukhin a ponto de sair para o teatro. Como não tinha nada melhor para fazer, saí para acompanhá-los até o ponto de táxi. De repente, notei que tinha esquecido minha chave da entrada de baixo.

"Ah, não se preocupe, nós temos dois chaveiros", disse Evgenia. "Sorte sua nós morarmos na mesma casa. Olhe aqui, pode me devolver amanhã. Boa noite."

Eu fui voltando para casa e no caminho tive uma ideia maravilhosa. Imaginei um seboso vilão de cinema lendo um documento que encontrou na mesa de alguém. Verdade, meu plano era muito rudimentar. Smurov havia levado uma vez para Vanya uma orquídea amarela, salpicada de escuro, que parecia um pouco com um sapo; agora eu podia me certificar se talvez Vanya havia guardado os restos queridos da flor em alguma gaveta secreta. Uma vez, ele trouxera para ela um pequeno volume de Gumilyov, o poeta da fortitude; poderia valer a pena conferir se as páginas tinham sido abertas e se o livro estaria, talvez, em sua mesinha de cabeceira. Havia também uma fotografia, tirada com um flash de magnésio, na qual Smurov tinha saído magnífico — em semiperfil, muito pálido, uma sobrancelha levantada —, e ao lado dele Vanya, enquanto Mukhin se escondia atrás. E, em termos gerais, havia muitas coisas a descobrir. Tendo decidido que, se topasse com a empregada (uma moça muito bonita, por sinal), eu explicaria que tinha ido devolver as chaves, destranquei cautelosamente a porta do apartamento de Krushchov e entrei na saleta na ponta dos pés.

É divertido pegar de surpresa a sala de outra pessoa. A mobília congelou, perplexa, quando acendi a luz. Alguém tinha deixado uma carta em cima da mesa; o envelope ali estava, vazio, como uma velha mãe inútil, a pequena folha de papel parecia sentada como um bebê robusto. Mas a ansiedade, a pulsação excitada, a precipitação do movimento de minha mão, tudo se mostrou desnecessário. A carta era de uma pessoa que me era desconhecida, um certo tio Pasha. Não continha uma única alusão a Smurov! E, se estava em código, eu não tinha a chave. Fui depressa à sala de jantar. Passas e nozes numa tigela e, ao lado, aberto e virado para baixo, um romance francês — as aventuras de *Ariane, jeune fille russe*. No quarto de Vanya, onde entrei em seguida, estava frio por causa de uma janela aberta. Achei muito estranho olhar a colcha de renda e a penteadeira como um altar, onde vidros lapidados cintilavam misticamente. A orquídea não estava em lugar nenhum, mas em compensação lá estava a foto encostada no abajur da mesa de cabeceira. Tinha sido tirada por Roman Bogdanovich. Mostrava Vanya sentada com pernas luminosas cruzadas, atrás dela estava o rosto fino de Mukhin e à esquerda de Vanya dava para ver um cotovelo preto — tudo o que restava de Smurov cortado. Prova esmagadora! No travesseiro rendado de Vanya apareceu de repente uma depressão em forma de estrela — a marca violenta de meu punho — e no momento seguinte eu já estava na sala de jantar, devorando as passas e ainda tremendo. Ali me lembrei da escrivaninha da saleta e silenciosamente corri para lá. Mas nesse momento o ruído metálico de uma chave soou na direção da porta da entrada. Comecei uma apressada retirada, apagando luzes ao passar, até me encontrar no *boudoir* sedoso e pequeno ao lado da sala de jantar. Tateei no escuro, dei de encontro com um sofá e me estendi nele, como se tivesse entrado ali para tirar uma soneca.

  Nesse meio-tempo, soaram vozes no corredor: as das duas irmãs e a de Krushchov. Estavam se despedindo de Mukhin. Ele não queria subir um minuto? Não, era tarde, ele não ia subir. Tarde? Minha desencarnada carreira de sala em sala realmente durara três horas? Em algum lugar, num teatro, alguém tivera tempo de representar uma peça tola a que eu assistira muitas vezes, enquanto aqui um homem havia apenas caminhado por três cômodos. Três cômodos: três atos. Teria eu realmente ponderado sobre a carta na saleta durante uma hora, e uma hora inteira sobre o livro na sala de jantar, e uma hora mais sobre a fotografia no estranho frio do quarto de dormir?... Meu tempo e o deles não tinham nada em comum.

Krushchov deve ter ido direto para a cama; as irmãs entraram sozinhas na sala de jantar. A porta de meu covil adamascado e escuro não estava bem fechada. Achei que naquele momento ia descobrir tudo o que queria sobre Smurov.

"... Mas bem cansativo", disse Vanya, e fez um ruído suave de *och* que me pareceu um bocejo. "Me dê um refresco, não quero chá." Houve o leve raspar de uma cadeira sendo puxada para a mesa.

Um longo silêncio. Então a voz de Evgenia, tão próxima que olhei alarmado para a fresta iluminada. "... O principal é deixar que ele coloque os seus termos. Isso é o principal. Afinal de contas, ele fala inglês e aqueles alemães não. Não sei se gosto desta pasta de frutas."

Silêncio de novo. "Tudo bem, vou aconselhar que ele faça isso", disse Vanya. Alguma coisa tilintou e caiu, uma colher talvez, e fez-se outra longa pausa.

"Olhe isto", Vanya disse com uma risada.

"É feito de quê, de madeira?", perguntou sua irmã.

"Não sei", disse Vanya e riu de novo.

Depois de algum tempo, Evgenia bocejou, ainda mais intimamente que Vanya.

"... relógio parou", ela disse.

E isso foi tudo. Ficaram ali mais um momento; faziam ruídos tilintantes com uma coisa ou outra; o quebra-nozes crepitava e voltava à toalha da mesa com um baque; mas não houve mais conversa. Então as cadeiras foram mexidas de novo. "Ah, podemos deixar isto aqui", Evgenia resmungou, lânguida, e a fresta mágica da qual eu tanto esperava extinguiu-se abruptamente. Em algum lugar uma porta bateu, a voz distante de Vanya disse alguma coisa, agora ininteligível, e seguiram-se silêncio e escuridão. Fiquei deitado no sofá mais algum tempo e de repente notei que já estava amanhecendo. Diante disso, saí cautelosamente para a escada e voltei ao meu quarto.

Imaginei bem vividamente Vanya com a ponta da língua aparecendo num canto da boca a recortar com sua tesourinha o Smurov indesejado. Mas talvez não fosse nada disso: às vezes alguma coisa é cortada para ser emoldurada separadamente. E para confirmar esta última conjetura, uns dias depois tio Pasha chegou inesperadamente de Munique. Estava indo a Londres para visitar seu irmão e ficou apenas uns dias em Berlim. O velho bode não via as sobrinhas havia muito tempo e pôs-se a lembrar como deitava a soluçante Vanya nos joelhos e lhe dava uma surra. À primeira vista, esse tio Pasha parecia apenas três vezes mais velho que ela, mas, quando se olhava um pouco melhor, ele deteriorava debaixo de nossos olhos. De fato, não tinha 50, mas 80 anos, e não se podia imaginar nada mais horrendo que aquela mistura de jovialidade e decrepitude. Um alegre cadáver de terno azul, com caspa nos ombros, barba feita, sobrancelhas fartas e prodigiosos tufos de pelos nas narinas, tio Pasha era agitado, barulhento e inquisitivo. Em sua primeira aparição, interrogou Evgenia num sussurro cheio de perdigotos sobre cada convidado, apontando bem abertamente para esta pessoa, depois para aquela, com o indicador que terminava numa unha amarela, monstruosamente comprida. No dia seguinte, aconteceu uma daquelas coincidências envolvendo recém-chegados que por alguma razão são muito frequentes, como se existisse algum Destino gozador e de mau gosto, não muito diferente do Abum de Weinstock, que, no mesmo dia em que volta de uma viagem, faz você conhecer o homem que estava por acaso sentado de frente para você no vagão de trem. Durante vários dias, eu vinha sentindo um estranho desconforto em meu peito varado por bala, uma sensação que parecia um vento num quarto escuro. Fui ver um médico russo, e lá, sentado na sala de espera, estava, claro, o tio Pasha. Enquanto eu debatia se devia ou não me dirigir a ele (supondo que desde a noite anterior ele tivera tempo de esquecer tanto meu rosto como meu nome), esse decrépito tagarela, avesso a ocultar um único grão das caixas de armazenamentos de sua experiência, começou uma conversa com uma velha que não o conhecia, mas que evidentemente gostava de estranhos expansivos. De início, não acompanhei a conversa deles, mas de repente o nome de Smurov me fez dar um salto. O que descobri pelas palavras pomposas e banais de tio Pasha era tão importante que, quando ele finalmente desapareceu atrás da porta do médico, saí imediatamente, sem esperar minha vez, e o fiz tão automaticamente como se tivesse ido ao consultório médico apenas para ouvir tio Pasha: agora que a performance terminara, eu podia ir embora. "Imagine," disse tio Pasha, "a menininha desabrochando numa genuína rosa. Eu sou perito em rosas e concluí imediatamente que devia haver um jovem em cena. E então a irmã dela me diz: 'É um grande segredo, tio, não conte para ninguém, mas ela está apaixonada por esse Smurov faz bastante tempo.' Bom, é claro, não tenho nada a ver com isso. Um Smurov não é pior que outro. Mas me deixa bem animado pensar que houve tempo em que eu costumava dar uma boa surra nas nádegas nuas daquela pequena, e agora lá está ela, uma noiva. Ela simplesmente adora o rapaz. Bom, é assim que é, minha boa senhora, tivemos nossa vez, agora os outros é que tenham..."

\* \* \*

Então... aconteceu. Smurov é amado. Evidentemente, Vanya, a míope mas sensível Vanya, discerniu alguma coisa fora do comum em Smurov, entendeu alguma coisa a respeito dele, e sua quietude não a enganou. Nessa mesma noite, na casa de Krushchov, Smurov estava particularmente quieto e humilde. Agora, porém, quando se sabe que a felicidade o atingiu — sim, atingiu (porque existe felicidade tão forte que, com seu impacto, com seu uivar de tempestade, parece um cataclismo) —, agora uma certa palpitação pode ser percebida em sua quietude, e um cravo de alegria aparecia através de sua enigmática palidez. E, Deus do céu, como ele olhava para Vanya! Ela baixava os cílios, as narinas vibravam, ela até mordia um pouco os lábios, escondendo de todos seus finos sentimentos. Parecia que alguma coisa seria resolvida essa noite.

O pobre Mukhin não estava lá: tinha ido passar uns dias em Londres. Krushchov também estava ausente. Em compensação, porém, Roman Bogdanovich (que estava recolhendo material para o diário que com precisão de solteirona enviava semanalmente a um amigo em Tallin) estava mais do que nunca no seu sonoro e inoportuno eu. As irmãs sentaram-se no sofá, como sempre. Smurov apoiou um cotovelo no piano, olhando ardentemente o perfeito repartido do cabelo de Vanya, suas faces rosa-escuro... Diversas vezes Evgenia saltou e enfiou a cabeça para fora da janela — tio Pasha vinha se despedir e ela queria ter certeza e estar a postos para destrancar o elevador para ele. "Adoro tio Pasha", disse ela, rindo. "É uma figura e tanto. Aposto que não vai aceitar nossa companhia até a estação."

"Você toca?", Roman Bogdanovich perguntou polidamente a Smurov, com um olhar significativo para o piano. "Já toquei", Smurov respondeu com calma. Abriu a tampa, olhou sonhadoramente os dentes expostos do teclado e baixou a tampa de volta. "Adoro música", Roman Bodganovich observou confidencialmente. "Me lembro, em meu tempo de estudante..."

"Música", Smurov disse em tom mais alto, "boa música, ao menos, expressa aquilo que é inexprimível em palavras. Aí estão o sentido e o mistério da música".

"Ali vem ele", Evgenia gritou e saiu da sala.

"E você, Varvara?", perguntou Roman Bogdanovich com sua voz grossa e áspera. "Você... 'com dedos mais leves que um sonho'... hein? Vamos, qualquer coisa... Um pequeno ritornelo." Vanya sacudiu a cabeça e parecia a ponto de franzir a testa, mas em vez disso riu e baixou o rosto. Sem dúvida, o que excitava sua alegria era esse cabeça-dura convidá-la para sentar ao piano, quando sua alma estava ressoando e fluindo com sua própria melodia. Nesse momento, podia-se notar no rosto de Smurov um desejo violentíssimo de que o elevador com Evgenia e tio Pasha ficasse empacado para sempre, que Roman Bogdanovich caísse na boca do leão persa azul desenhado no tapete e, mais importante, que eu — o olho frio, insistente, incansável — desaparecesse.

Nesse meio-tempo, tio Pasha já estava assoando o nariz e rindo no hall; ele entrou e fez uma pausa na porta, sorrindo tolamente e esfregando as mãos. "Evgenia", disse, "acho que não conheço ninguém aqui. Venha, faça as apresentações".

"Ah, minha nossa!", disse Evgenia. "É sua própria sobrinha!"

"É verdade, é verdade", disse tio Pasha e acrescentou alguma coisa ofensiva sobre faces e pêssegos.

"Ele provavelmente não vai reconhecer os outros também", Evgenia suspirou e começou a nos apresentar em voz alta.

"Smurov!", exclamou tio Pasha, e suas sobrancelhas se eriçaram. "Ah, Smurov e eu somos velhos amigos. Felizardo, felizardo", continuou, malicioso, apalpando os braços e os ombros de Smurov. "E acha que eu não sei... Eu sei de tudo... Vou dizer uma coisa: cuide bem dela! É um presente do céu. Que vocês sejam muito felizes, meus filhos..."

Virou-se para Vanya, mas ela, apertando o lenço amassado na boca, saiu correndo da sala. Evgenia emitiu um som estranho e correu atrás dela. Mesmo assim, tio Pasha não notou que sua descuidada tagarelice, intolerável para uma alma sensível, tinha levado Vanya às lágrimas. De olhos saltados, Roman Bogdanovich olhou com grande curiosidade para Smurov que — fossem quais fossem seus sentimentos — manteve uma compostura impecável.

"O amor é uma grande coisa", disse tio Pasha, e Smurov sorriu polidamente. "Essa moça é um tesouro. E você, você é um jovem engenheiro, não é? Está indo bem no seu trabalho?"

Sem entrar em detalhes, Smurov disse que estava indo bem. Roman Bogdanovich de repente deu uma palmada no joelho e ficou roxo.

"Vou falar a seu favor em Londres", disse tio Pasha. "Conheço muita gente lá. Bom, eu vou indo, vou indo. Neste instante, para falar a verdade."

E o assombroso velho olhou o relógio e nos estendeu ambas as mãos. Smurov, tomado de plenitude amorosa, inesperadamente o abraçou.

"E essa agora?... Aprontou-lhe uma boa!", disse Roman Bogdanovich quando a porta fechou à saída de tio Pasha.

Evgenia voltou à saleta. "Onde ele está?", perguntou, surpresa: havia algo mágico em seu desaparecimento.

Ela correu a Smurov. "Por favor, desculpe meu tio", foi dizendo. "Eu fiz a bobagem de contar para ele de Vanya e Mukhin. Ele deve ter confundido os nomes. Eu não tinha me dado conta do quanto ele está gagá..."

"E eu ouvi e achei que estava ficando louco", Roman Bodganovich interveio, abrindo as mãos.

"Ah, vamos lá, vamos lá, Smurov", Evgenia continuou. "O que houve com você? Não deve levar a sério desse jeito. Afinal, não é nenhum insulto a você."

"Tudo bem comigo, só que eu não sabia", Smurov disse, rouco.

"Como assim, não sabia? Todo mundo sabe... Essa história é antiga. É, sim, claro, os dois se adoram. Já faz quase dois anos. Escute, quero contar uma coisa engraçada sobre tio Pasha: uma vez, quando ele ainda era relativamente jovem — não, não vire o rosto, é uma história muito interessante —, um dia, quando ele era relativamente jovem, aconteceu de estar andando pela avenida Nevski..."

Seguiu-se um breve período em que parei de observar Smurov: fiquei pesado, rendido de novo à força da gravidade, vestido de novo em minha antiga carne, como se de fato toda aquela vida à minha volta não fosse um jogo de minha imaginação, mas real, e eu parte dela, de corpo e alma. Se você não é amado, mas não sabe ao certo se um possível rival é amado ou não, e, se existem vários, não sabe qual deles tem mais sorte que você; se você se alimenta daquela esperançosa ignorância que o ajuda a desmanchar em conjetura uma agitação que de outra forma seria intolerável; então está tudo bem, você pode viver. Mas ai, quando o nome finalmente é anunciado e esse nome não é o seu! Pois ela era tão encantadora, até trazia lágrimas aos olhos e, à mera ideia dela, uma noite de gemidos, horrível, salgada, brotava dentro de mim. Seu rosto veludoso, os olhos míopes e os ternos lábios sem pintura, que ficavam rachados e um pouco inchados com o frio, e cuja cor parecia borrar-se nos cantos, dissolvendo-se num rosa febril que parecia tanto precisar do bálsamo de um beijo de borboleta; seus vestidos curtos e claros: os joelhos grandes, que se juntavam, apertados com força insuportável, quando ela jogava *skat* conosco, curvando a cabeça de cabelos negros e sedosos sobre as cartas; e suas mãos, adolescentemente úmidas e um pouco ásperas, que se deseja tocar e beijar... sim, tudo nela era tormentoso e de alguma forma irremediável, e só em meus sonhos, banhado em lágrimas, eu por fim a abraçava e sentia em meus lábios seu pescoço e a cavidade perto da clavícula. Mas ela sempre se afastava, e eu acordava, ainda pulsando. Que diferença fazia para mim que ela fosse burra ou inteligente, ou como havia sido sua infância, que livros tinha lido, ou o que pensava do universo? Eu não sabia realmente nada sobre ela, cego como estava por aquele ardor adorável que substitui tudo mais e justifica tudo, e que, diferente da alma humana (sempre acessível e possessível), não pode de forma alguma ser abordado, assim como não se pode incluir entre os pertences de uma pessoa as cores das nuvens recortadas no entardecer acima das casas negras, ou o perfume de uma flor que se inala incessantemente, com narinas tensas, a ponto de se intoxicar, mas não se pode extrair completamente da corola.

    Uma vez, no Natal, antes de um baile ao qual eles iam todos sem mim, tive um vislumbre, numa faixa de espelho através de uma porta deixada entreaberta, da irmã empoando as escápulas nuas de Vanya; em outra ocasião, notei um delicado sutiã no banheiro. Para mim eram acontecimentos inesgotáveis, que tinham o delicioso, embora terrível, efeito de esvaziar meus sonhos, embora nem uma única vez tenha chegado neles além de um beijo sem esperança (eu próprio não sei por que eu sempre chorava tanto quando nos encontrávamos em meus sonhos). O que eu precisava de Vanya eu jamais poderia, de qualquer forma, tomar para meu uso e posse perpétuos, como não se pode possuir a cor da nuvem ou o perfume da flor. Só quando finalmente me dei conta de que meu desejo estava fadado a permanecer insaciado e que Vanya era inteiramente criação minha, foi que me acalmei e me acostumei com minha própria excitação, da qual eu extraíra toda a doçura que um homem pode possivelmente obter do amor.

Aos poucos, minha atenção voltou para Smurov. Incidentalmente, veio à tona que, apesar de seu interesse em Vanya, Smurov tinha, às escondidas, botado os olhos na empregada dos Krushchov, uma moça de 18 anos, cuja atração especial era o ar sonolento de seus olhos. Ela própria não tinha nada de sonolenta. Era divertido pensar quais depravados recursos de jogo amoroso essa moça de aspecto modesto — chamada Gretchen ou Hilda, não me lembro qual — seria capaz de inventar quando a porta estivesse trancada, e a lâmpada praticamente nua, pendurada num longo fio, iluminasse a fotografia de seu noivo (um sujeito vigoroso, com chapéu de tirolês) e uma maçã da mesa de seus patrões. Esses feitos Smurov contou com todo detalhe e não sem certo orgulho a Weinstock, que abominava histórias indecentes e emitia um forte e eloquente "Pfu!" ao escutar alguma coisa impudica. E por isso é que as pessoas gostavam especialmente de contar a ele coisas dessa natureza.

  Smurov chegava ao seu quarto pela escada dos fundos e ficava com ela um longo tempo. Parece que Evgenia notou alguma coisa uma vez, um rápido roçar de pés no fim do corredor ou um riso abafado atrás da porta, pois mencionou irritada que Hilda (ou Gretchen) devia ter se arranjado com algum bombeiro. Durante essa explosão, Smurov pigarreou complacentemente algumas vezes. A criada, baixando os encantadores olhos baços, atravessava a sala de jantar; lenta e cuidadosamente depositava uma tigela de frutas e seus seios no aparador; pausa sonolenta para afastar uma tênue madeixa loira da têmpora e depois sonambular de volta para a cozinha; e Smurov esfregava as mãos como se fosse fazer um discurso, ou sorria nos lugares errados durante a conversa geral. Weinstock fazia uma careta e cuspia, enojado, quando Smurov falava do prazer de observar a empertigada empregadinha trabalhando quando, tão pouco tempo antes, pisando suavemente com pés nus o chão nu, ele estivera dançando o foxtrote com a criada de ancas cor de creme em seu quartinho estreito, ao som distante do fonógrafo que vinha dos aposentos dos patrões: o senhor Mukhin tinha trazido de Londres alguns discos realmente adoráveis de doce e queixosa música de dança havaiana.

"Você é um aventureiro", Weinstock dizia, "um Don Juan, um Casanova...". Para si mesmo, porém, ele, sem dúvida, chamava Smurov de agente duplo ou triplo e esperava que a mesinha dentro da qual se remexia o fantasma de Azef fornecesse importantes novas revelações. Essa imagem da personalidade de Smurov, no entanto, agora me interessava pouco: estava condenada ao gradual esquecimento pela falta de evidências a seu favor. O mistério da personalidade de Smurov, claro, permaneceu, e pode-se imaginar Weinstock, vários anos depois e em outra cidade, mencionando, de passagem, um homem estranho que um dia trabalhou para ele como vendedor, e que agora estava Deus sabe onde. "É, sim, um personagem muito estranho", Weinstock diria, pensativo. "Um homem feito de insinuações incompletas, um homem com um segredo dentro dele. Poderia arruinar uma moça... Por quem foi enviado ou quem estava seguindo é difícil dizer. Se bem que eu soube de fonte segura... Mas prefiro não falar nada."

Muito mais divertido era o conceito que Gretchen (ou Hilda) fazia de Smurov. Um dia, em janeiro, mais um par de meias de seda desapareceu do guarda-roupa de Vanya e diante disso todo mundo lembrou a multidão de pequenas perdas miúdas: setenta pfennigs de troco deixados em cima da mesa e comidos como uma peça no jogo de damas: uma caixa de pó de arroz de cristal que "fugiu do nécessaire", brincou Krushchov; um lenço de seda muito querido por alguma razão ("Onde será que enfiei esse lenço?"). Depois, um dia, Smurov apareceu usando uma viva gravata azul com um brilho de pavão, e Krushchov piscou e disse que tinha uma gravata exatamente igual àquela; Smurov ficou absurdamente envergonhado e nunca mais usou a gravata. Mas, é claro, não passou pela cabeça de ninguém que a tola menina tinha roubado a gravata (ela costumava dizer, por sinal, que "a gravata é o melhor enfeite de um homem") e a dado, num hábito absolutamente mecânico, a seu namorado do momento — como Smurov informou amargamente a Weinstock. Seu desmascaramento aconteceu quando Evgenia entrou em seu quarto enquanto ela estava fora e encontrou no armário uma coleção de artigos familiares ressurgidos dos mortos. E então Gretchen (ou Hilda) partiu para destino ignorado; Smurov tentou localizá-la, mas logo desistiu e confessou a Weinstock que já bastava. Nessa noite, Evgenia disse que tinha descoberto coisas incríveis com a esposa do zelador. "Não era um bombeiro, não era bombeiro nenhum", Evgenia disse, rindo, "mas um poeta estrangeiro, não é uma delícia?... Esse poeta estrangeiro tinha tido um caso de amor trágico e uma propriedade familiar do tamanho da Alemanha, mas estava proibido de voltar para casa, realmente delicioso, não é?... Pena que a esposa do zelador não tenha perguntado o nome dele — tenho certeza de que era russo, e eu não ficaria surpresa se fosse alguém que vem nos visitar... Por exemplo, aquele sujeito do ano passado, sabem de quem estou falando, aquele rapaz moreno com um charme fatal, como era o nome dele?".

"Sei de quem você está falando", Vanya interpôs. "Aquele barão não sei o quê."

"Ou talvez fosse outra pessoa", Evgenia continuou. "Ah, é *tão* delicioso! Um cavalheiro que era todo alma, um 'cavalheiro espiritual', disse a esposa do zelador. Eu quase morri de rir..."

"Não posso deixar de anotar tudo isso", disse Roman Bogdanovich em tom picante. "Meu amigo em Tallin vai receber uma carta muito interessante."

"Você não se cansa disso?", Vanya perguntou. "Várias vezes eu comecei um diário, mas sempre acabei deixando de lado. E, quando o lia de novo, sempre ficava envergonhada do que tinha escrito."

"Ah, não", disse Roman Bogdanovich. "Se você escreve tudo completo e com regularidade, fica com uma sensação boa, uma sensação de autopreservação, por assim dizer: você preserva toda a sua vida e, anos mais tarde, ao reler, pode achar aquilo não desprovido de fascínio. Por exemplo, fiz uma descrição de você que daria inveja a qualquer escritor profissional. Uma pincelada aqui, uma pincelada ali, e pronto: um retrato completo..."

"Ah, por favor, me mostre!", disse Vanya.

"Não posso", Roman Bogdanovich respondeu com um sorriso.

"Então mostre para Evgenia", disse Vanya.

"Não posso. Gostaria muito, mas não posso. Meu amigo de Tallin arquiva minhas contribuições semanais assim que chegam e eu deliberadamente não conservo nenhuma cópia para não cair na tentação de modificar *ex post facto*, de riscar coisas e assim por diante. E um dia, quando Roman Bogdanovich estiver muito velho, Roman Bogdanovich vai se sentar à sua mesa e começar a reler sua vida. Para isso é que estou escrevendo: para o futuro velho com barba de Papai Noel. E, se eu achar minha vida rica e válida, então deixarei essas memórias como uma lição para a posteridade."

"E se for tudo bobagem?", Vanya perguntou. "O que é bobagem para um pode ser importante para outro", replicou Roman Bogdanovich, bem ácido.

A ideia desse diário epistolar havia muito me interessava e perturbava um pouco. Gradualmente, o desejo de ler ao menos um excerto transformou-se num intenso tormento, numa preocupação constante. Eu não tinha dúvida de que essas anotações continham uma descrição de Smurov. Eu sabia que muitas vezes um relato trivial de conversas e anotações sobre o campo, sobre as tulipas ou papagaios de um vizinho, e o que a pessoa comeu no almoço naquele dia nublado em que, por exemplo, o rei foi decapitado... eu sabia que essas notas triviais muitas vezes sobrevivem centenas de anos e são lidas com prazer, pelo sabor de sua ancianidade, pelo nome de um prato, pelo espaço de aparência festiva onde agora altos edifícios se aglomeram. E, além disso, acontece muitas vezes de o diarista, que em sua vida passou despercebido ou foi ridicularizado por nulidades esquecidas, duzentos anos depois emergir como um escritor de primeira classe que soube imortalizar, com um floreio de sua pena antiquada, uma paisagem arejada, o cheiro de uma diligência ou as estranhezas de um conhecido. À simples ideia de que a imagem de Smurov poderia ser tão seguramente, tão duradouramente preservada, eu sentia um arrepio sagrado, enlouquecia de desejo e sentia que devia a qualquer custo me interpor espectralmente entre Roman Bogdanovich e seu amigo em Tallin. A experiência me alertava, claro, que a imagem particular de Smurov, talvez destinada a viver para sempre (para delícia dos acadêmicos), poderia ser um choque para mim; mas a ânsia de me apossar desse segredo, de ver Smurov através dos olhos dos séculos futuros, era tão perturbadora que nenhuma ideia de decepção poderia me assustar. Eu temia apenas uma coisa: uma perlustração prolongada e meticulosa, uma vez que era difícil imaginar que, já na primeira carta que eu interceptasse, Roman Bogdanovich começasse diretamente (como a voz, a pleno vapor, que explode em nossos ouvidos quando ligamos o rádio por um momento) com um relato eloquente de Smurov.

  Me lembro de uma rua escura numa noite tormentosa de março. As nuvens rolavam pelo céu, assumindo diversas atitudes grotescas, como bufões inchados e cambaleantes em um horrendo carnaval, enquanto eu, curvado ao vento, segurando meu chapéu-coco que sentia que iria explodir como uma bomba se eu soltasse a aba, permanecia parado diante da casa onde morava Roman Bogdanovich. As únicas testemunhas de minha vigília foram um poste de luz que parecia piscar por causa do vento e uma folha de papel de embrulho que ora deslizava pela calçada, ora tentava com odiosa animação se enrolar em minhas pernas, por mais que eu tentasse chutá-la para longe. Nunca antes eu tinha experimentado vento tamanho, nem visto um céu tão bêbado e decomposto. E isso me aborrecia. Tinha vindo para espiar um ritual — Roman Bogdanovich, à meia-noite entre sexta-feira e sábado, depositando uma carta na caixa de correio —, e era essencial que eu visse com meus próprios olhos antes de começar a desenvolver o vago plano que tinha concebido. Eu esperava que, assim que visse Roman Bogdanovich lutando contra o vento pela posse da caixa de correio, meu plano incorpóreo imediatamente ganhasse vida e instinto (eu pensava em preparar um saco aberto que de alguma forma introduziria na caixa de correio, colocado de tal forma que, quando a carta caísse pela fenda, despencaria para a minha rede). Mas aquele vento — ora zunindo sob a cúpula de meu chapéu, ora inflando minha calça, ora pregando-a em minhas pernas até parecerem esqueléticas — estava em meu caminho, me impedindo de me concentrar no assunto. A meia-noite logo fecharia completamente o ângulo agudo de tempo; eu sabia que Roman Bogdanovich era pontual. Olhei a casa e tentei adivinhar atrás de qual das três ou quatro janelas iluminadas sentava-se naquele momento o homem, curvado sobre uma folha de papel, criando uma imagem, talvez imortal, de Smurov. Depois desviava o olhar para o cubo escuro fixado na grade de ferro fundido, aquela escura caixa de correio dentro da qual uma carta impensável iria afundar, como na eternidade. Fiquei longe da luz da rua; e as sombras me forneciam uma espécie de agitada proteção. De repente, apareceu um brilho amarelo no vidro da porta de entrada e, em minha excitação, soltei a aba do chapéu. No instante seguinte, eu estava girando no mesmo lugar, ambas as mãos levantadas, como se o chapéu que acabara de ser arrancado de mim ainda estivesse voando em torno da minha cabeça. Com um baque suave, o chapéu-coco caiu e rolou pela calçada. Saí correndo atrás dele, tentando pisar na coisa para detê-la, e na corrida quase colidi com Roman Bogdanovich, que levantou meu chapéu com uma mão, enquanto segurava na outra um envelope selado que parecia branco e enorme. Acho que minha aparição em seu bairro àquela hora tardia o deixou intrigado. Durante um momento, o vento nos envolveu com sua violência; gritei uma saudação, tentando superar o ruído da noite demente, e então, com dois dedos, com leveza e precisão peguei a carta da mão de Roman Bogdanovich. "Eu ponho na caixa, eu ponho na caixa...", gritei. "É caminho para mim, é caminho..." Tive tempo de vislumbrar uma expressão de alarme e incerteza em seu rosto, mas imediatamente parti, corri os vinte metros até a caixa de correio dentro da qual fingi enfiar alguma coisa, mas em vez disso espremi a carta no bolso interno de meu paletó. Então ele me alcançou. Notei seus chinelos de pano. "Que modos os seus", ele disse com desprazer. "Talvez eu não tivesse a intenção de enviar a carta. Olhe aqui, o seu chapéu... Já viu um vento desses?"

"Estou com pressa", eu disse, ofegante (a noite agitada me tirava o fôlego). "Até logo, até logo!" Minha sombra, ao mergulhar na aura do poste de luz, esticou e passou à minha frente, mas depois se perdeu na escuridão. Assim que deixei aquela rua, o vento cessou; tudo ficou surpreendentemente calmo e em meio à quietude um bonde gemeu numa esquina.

Subi nele sem nem olhar o número, pois o que me atraiu foi a festiva iluminação de seu interior, uma vez que eu precisava de luz imediatamente. Encontrei um lugar confortável num canto e com pressa furiosa rasguei o envelope. Nesse momento, alguém se aproximou de mim e, sobressaltado, coloquei meu chapéu em cima da carta. Mas era apenas o cobrador. Fingindo um bocejo, paguei calmamente meu bilhete, mas mantive a carta escondida o tempo todo, para me livrar de um possível testemunho em juízo — não há nada mais danoso que essas inconspícuas testemunhas, cobradores, motoristas de táxi, zeladores. Ele se afastou e desdobrei a carta. Tinha dez páginas, numa caligrafia redonda e sem uma única correção. O começo não era muito interessante e de repente, como um rosto familiar no meio de uma multidão difusa, lá estava o nome de Smurov. Que sorte incrível!

"Proponho, meu caro Fyodor Robertovich, voltar brevemente a esse malandro. Temo que possa entediá-lo, mas nas palavras do Cisne de Weimar — refiro-me ao ilustre Goethe — (em seguida vinha uma frase em alemão). Portanto, permita-me deter-me uma vez mais sobre o sr. Smurov e brindar você com um pequeno estudo psicológico..."

Fiz uma pausa e levantei os olhos para um anúncio de chocolate ao leite com alpes lilases. Era minha última chance de renunciar penetrar no segredo da imortalidade de Smurov. Que me importava se essa carta efetivamente viajaria através de uma remota trilha montanhosa para o próximo século, cuja própria designação — um dois e três zeros — é tão fantástica que parece absurda? O que me importava o tipo de retrato que o autor, há muito desaparecido, "brindaria" (para usar sua própria vil expressão) sua desconhecida posteridade? E, de qualquer forma, não seria já hora de abandonar minha empresa, de suspender a caçada, a vigília, a louca tentativa de encurralar Smurov? Mas, ai, isso tudo era retórica mental: eu sabia perfeitamente bem que nenhuma força na terra me impediria de continuar lendo aquela carta.

"Tenho a impressão, caro amigo, de que já escrevi a você sobre o fato de que Smurov pertence àquela curiosa classe de pessoas que um dia chamei de 'canhotos sexuais'. Toda a aparência de Smurov, sua fragilidade, sua decadência, seus gestos afetados, seu gosto por Eau de Cologne e, particularmente, aqueles olhares furtivos, apaixonados, que ele dirige constantemente à nossa humilde empregada — tudo isso há muito confirmou esta minha conjetura. É notável que esses indivíduos sexualmente desafortunados, ansiando sempre por algum belo espécime de virilidade madura, acabem sempre por escolher para objeto de sua admiração (perfeitamente platônica) uma mulher, uma mulher que conhecem bem, ligeiramente ou nem um pouco. E assim, Smurov, apesar de sua perversão, escolheu Varvara como seu ideal. Essa moça graciosa, mas bastante estúpida, está noiva de um certo M. M. Mukhin, um dos mais jovens coronéis do exército branco, de forma que Smurov tem plena garantia de que não será compelido a realizar aquilo de que não é capaz e nem deseja realizar com mulher nenhuma, mesmo que ela fosse a própria Cleópatra. Além disso, o 'canhoto sexual' — admito que acho a expressão excepcionalmente adequada — frequentemente nutre uma tendência a desafiar a lei, cuja infração lhe é ainda mais facilitada pelo fato de que uma infração da lei da natureza já está ali. Aqui também nosso amigo Smurov não é exceção. Imagine, outro dia, Filip Innokentievich Krushchov me confidenciou que Smurov é ladrão, ladrão no sentido mais feio da palavra. Meu interlocutor, assim me foi revelado, havia entregado a ele uma caixa de rapé de prata com símbolos ocultos — objeto de grande antiguidade — e pediu que ele a mostrasse a um perito. Smurov levou essa maravilhosa antiguidade e no dia seguinte anunciou a Krushchov com todos os sinais exteriores de aflição que a tinha perdido. Ouvi o relato de Krushchov e expliquei a ele que às vezes o impulso de roubar é um fenômeno puramente patológico, tendo até mesmo um nome científico: cleptomania. Krushchov, como muitas pessoas agradáveis, mas limitadas, começou ingenuamente por negar que no presente caso estivéssemos lidando com um 'cleptomaníaco' e não um criminoso. Não formulei determinados argumentos que sem dúvida o teriam convencido. Para mim é tudo claro como o dia. Em vez de rotular Smurov com a humilhante designação de 'ladrão', eu sinceramente sinto pena dele, por paradoxal que possa parecer.

"O tempo mudou para pior, ou, por outro lado, para melhor, pois não são essa lama de neve e o vento arautos da primavera, a bela primaverazinha que, mesmo no coração de um velho, desperta vagos desejos? Vem à mente um aforismo que sem dúvida irá..."

Pulei para o fim da carta. Não havia mais nada de interesse para mim. Pigarreei e com mãos firmes dobrei direitinho as folhas.

"Ponto final, senhor", disse uma voz áspera acima de mim.

Noite, chuva, os arredores da cidade...

\* \* \*

Vestindo um incrível casaco de pele com gola feminina, Smurov está sentado num degrau da escada. De repente, Krushchov, também em peles, desce e senta-se ao lado dele. É muito difícil para Smurov começar, mas há pouco tempo e ele tem de se lançar. Ele libera uma mão esguia cintilante de anéis — rubis, todos rubis — da ampla manga de pele e, alisando o cabelo, diz: "Quero lembrar você de uma coisa, Filip Innokentievich. Por favor, escute com cuidado."

Krushchov assente com a cabeça. Assoa o nariz (está com um resfriado forte por sentar constantemente nos degraus). Assente com a cabeça outra vez e seu nariz inchado se retorce.

Smurov continua: "Vou falar de um pequeno incidente que ocorreu recentemente. Por favor, escute com cuidado."

"A seu serviço", replica Krushchov.

"É difícil começar", diz Smurov. "Posso me trair por uma palavra incauta. Escute com cuidado. Me escute, por favor. Você tem de entender que volto a falar desse incidente sem nenhuma ideia específica na minha mente. Nem me passa pela cabeça que você possa pensar que sou ladrão. Você próprio há de concordar comigo que não posso de jeito nenhum saber que você pensou nisso... afinal, eu não leio as cartas dos outros. Quero que entenda que o assunto veio à tona por total acaso... Está me ouvindo?"

"Continue", diz Krushchov, se aconchegando nas peles.

"Bom. Vamos pensar em retrospectiva, Filip Innokentievich. Vamos lembrar da miniatura de prata. Você me pediu para mostrar a caixa a Weinstock. Escute com cuidado. Quando deixei você, estava levando a caixa na mão. Não, não, por favor não recite o alfabeto. Posso me comunicar com você perfeitamente bem sem o alfabeto. E juro, juro por Vanya, juro por todas as mulheres que amei, juro por todas as palavras da pessoa cujo nome não posso pronunciar — senão você vai pensar que leio a correspondência dos outros e sou, portanto, capaz de roubar também —, juro que cada palavra dele é mentira: eu realmente perdi a caixa. Cheguei em casa e não estava mais com ela, e não é culpa minha. É que eu sou muito distraído e tenho tanto amor por ela."

Mas Krushchov não acredita em Smurov; ele sacode a cabeça. Em vão Smurov jura, em vão retorce as mãos brancas, cintilantes — não adianta, palavras que convençam Krushchov não existem. (Aqui meu sonho esgota seu magro suprimento de lógica: agora a escada em que a conversa teve lugar existia isolada em campo aberto, e abaixo havia jardins em terraços e a névoa de árvores em indistinta floração; os terraços se estendem à distância, onde parece que se distinguem cascatas e prados de montanha.) "Sim, sim", diz Krushchov com uma dura voz ameaçadora. "Havia uma coisa dentro da caixa, portanto ela é insubstituível. Dentro dela estava Vanya — é, é, isso acontece com moças... Um fenômeno muito raro, mas acontece, acontece..."

Acordei. Era manhã cedinho. Os vidros da janela estavam tremendo por causa de um caminhão que passava. Havia muito não ficavam mais enevoados com uma película arroxeada, porque a primavera estava perto. Parei para pensar em quanta coisa tinha acontecido ultimamente, quanta gente nova eu havia conhecido e como era escravizante e sem esperança essa busca de casa em casa, essa minha busca pelo verdadeiro Smurov. Não há por que dissimular: todas essas pessoas que conheci não eram seres vivos, mas apenas espelhos casuais para Smurov; um dentre eles, porém, e para mim o espelho mais importante, mais brilhante de todos, ainda não cedia para mim o reflexo de Smurov. Anfitriões e convidados do número 5 da rua Pavão se movem diante de mim da luz para a sombra, sem esforço, inocentemente, criados apenas para meu divertimento. Mais uma vez Mukhin, levantando ligeiramente do sofá, estende a mão por cima da mesa na direção do cinzeiro, mas não vejo nem seu rosto, nem aquela mão com o cigarro; vejo apenas sua outra mão, a qual (já inconscientemente!) pousa por um momento no joelho de Vanya. Mais uma vez, Roman Bogdanovich, barbudo e com duas maçãs vermelhas como faces, inclina o rosto congestionado para soprar o chá, e mais uma vez Marianna se senta e cruza as pernas, pernas finas com meias cor de abricó. E, de brincadeira — é noite de Natal, acho —, Krushchov veste o casaco de pele de sua mulher, assume atitudes de manequim diante do espelho e anda pela sala para as risadas gerais, que aos poucos começam a ficar forçadas, porque Krushchov sempre exagera nas piadas. A mãozinha adorável de Evgenia, com unhas tão brilhantes que parecem úmidas, pega uma raquete de tênis de mesa e a bolinha de celuloide pinga devidamente para lá e para cá por cima da rede verde. De novo na semiescuridão, Weinstock entra flutuando, senta em sua mesinha como a uma roda de leme; mais uma vez a criada — Hilda ou Gretchen — passa sonhadora de uma porta para outra, e de repente começa a sussurrar e a menear o corpo para fora do vestido. A hora que eu quiser, posso acelerar ou retardar a uma ridícula lentidão os movimentos de todas essas pessoas, ou distribuí--las em grupos diferentes, ou arranjá-las em vários padrões, iluminando-as ora de baixo, ora do lado... Para mim, sua inteira existência foi meramente um lampejo numa tela.

Mas espere, a vida fez efetivamente uma última tentativa de provar para mim que era real — opressiva e terna, provocando excitação e tormento, possuidora de cegantes possibilidades de felicidade, com lágrimas, com vento cálido.

 Naquele dia, eu subi ao apartamento deles ao meio-dia. Encontrei a porta destrancada, as salas vazias, as janelas abertas. Em algum lugar, um aspirador de pó estava colocando todo seu empenho no zumbido ardente. De repente, através de uma porta de vidro que dava da sala para a sacada, vi a cabeça de Vanya inclinada. Ela estava sentada na sacada com um livro e, estranhamente, era a primeira vez que eu a encontrava em casa sozinha. Desde que eu vinha tentando subjugar meu amor dizendo a mim mesmo que Vanya, como todos os outros, existia apenas em minha imaginação, e era um mero espelho, eu adquirira o hábito de assumir com ela um tom animado especial, e agora, ao cumprimentá-la, eu disse, sem o menor acanhamento, que ela era "como uma princesa dando as boas-vindas à primavera em sua torre altiva". A sacada era bem pequena, com caixas de flores pintadas de verde, vazias, e, num canto, um pote de cerâmica quebrado, que eu mentalmente comparei ao meu coração, uma vez que acontece sempre de o estilo de uma pessoa falar com outra afeta o seu modo de pensar na presença daquela pessoa. O dia estava quente, embora não muito ensolarado, com um toque nublado e úmido — sol diluído e um ventinho tênue e embriagado, com o frescor de uma visita a algum jardim público onde a grama nova já brotara, verde contra o negro da terra. Aspirei esse ar e entendi ao mesmo tempo que o casamento de Vanya seria dentro de uma semana. Essa ideia trouxe de volta toda ânsia e dor, esqueci de novo de Smurov, esqueci que tinha de falar de um jeito descontraído. Virei-me e comecei a olhar a rua. Como estávamos no alto, e tão completamente sozinhos. "Ele ainda vai demorar bastante", disse Vanya. "Deixam a gente esperando horas nessas repartições."

"Sua romântica vigília...", comecei a dizer, me esforçando para manter aquela leveza salvadora e tentando me convencer de que a brisa primaveril também era um pouco vulgar e que eu estava tendo um imenso prazer.

Ainda não tinha olhado direito para Vanya; preciso sempre de um tempinho para me aclimatar à presença dela antes de olhar para ela. Vi então que ela estava usando uma saia preta de seda e uma malha branca com decote em V e que seu penteado estava especialmente repuxado. Ela continuou olhando com seu *lorgnette* o livro aberto — um romancinho pogromístico escrito por uma dama russa em Belgrado ou Harbin. Como estávamos tão alto acima da rua, bem dentro do céu delicado, ondulado... O aspirador de pó lá dentro parou de zumbir. "Tio Pasha morreu", disse ela, levantando a cabeça. "É, recebemos um telegrama hoje de manhã."

Que me importava que a existência daquele animado velho desmiolado tivesse acabado? Mas diante da ideia de que junto com ele morrera a imagem mais feliz, menos duradoura, de Smurov, a imagem de Smurov como noivo, senti que não podia mais reprimir a agitação que havia muito crescia dentro de mim. Não sei como começou, deve ter havido algum movimento preparatório, mas me lembro de me encontrar sentado no braço largo da poltrona de vime de Vanya, já segurando seu pulso, aquele contato proibido, sonhado fazia tempo. Ela corou violentamente e seus olhos de repente começaram a ficar brilhantes de lágrimas; com que clareza vi sua escura pálpebra inferior se encher de cintilante umidade. Ao mesmo tempo, ela continuava sorrindo, como se com inesperada generosidade quisesse me brindar com todas as várias expressões de sua beleza. "Ele era um homem tão divertido", disse ela, para explicar a radiação de seus lábios, mas eu a interrompi:

"Não posso continuar assim, não suporto mais", murmurei, agora agarrando seu pulso, que imediatamente ficaria tenso, virando uma página obediente do livro em seu colo. "Tenho de lhe dizer... Agora não faz mais diferença — estou indo embora e nunca mais verei você. Tenho de lhe dizer. Afinal de contas, você não me conhece... Mas na verdade eu uso uma máscara, estou sempre escondido atrás de uma máscara..."

"Ora, ora", disse Vanya. "Conheço você muito bem, vejo tudo e entendo tudo. Você é uma pessoa boa, inteligente. Espere um pouco, quero pegar meu lenço. Você sentou em cima dele. Não, caiu aqui. Obrigada. Por favor, solte minha mão, não deve me tocar assim. Por favor, não."

Ela estava sorrindo de novo, aplicada e comicamente levantando as sobrancelhas, como se me convidasse a sorrir também, mas eu tinha perdido todo o controle sobre mim mesmo, e alguma impossível esperança adejava junto a mim; continuei falando e gesticulando, tão agitado que o braço da poltrona de vime rangia com meu peso, e houve momento em que o repartido do cabelo de Vanya estava bem debaixo de meus lábios, e diante disso ela cuidadosamente afastou a cabeça.

"Mais que a própria vida", eu estava dizendo depressa, "mais que a própria vida e já há muito tempo, desde o primeiro instante. E você é a primeira pessoa que me diz que eu sou bom...".

"Por favor, não", Vanya pediu. "Está só magoando a si mesmo e a mim. Olhe, por que não me deixa contar como Roman Bogdanovich me fez uma declaração de amor. Foi hilariante..."

"Não ouse fazer isso", exclamei. "Quem se importa com aquele palhaço? Eu sei, eu sei que você poderia ser feliz comigo. E, se existe em mim alguma coisa de que você não goste, eu mudo, do jeito que você quiser, eu mudarei."

"Gosto de tudo em você", disse Vanya, "até sua imaginação poética. Até mesmo sua tendência a exagerar às vezes. Mas, acima de tudo, gosto da sua bondade, porque você é muito bom e ama tanto todo mundo, e é sempre tão absurdo e encantador. Mas mesmo assim, pare de agarrar minha mão, senão terei de simplesmente me levantar e sair".

"Então existe esperança afinal?", perguntei.

"Absolutamente nenhuma", disse Vanya. "E você sabe disso perfeitamente bem. E, além disso, ele deve chegar a qualquer minuto."

"Não pode amar esse homem", exclamei. "Está se iludindo. Ele não é digno de você. Eu poderia contar coisas horríveis a respeito dele."

"Agora basta", disse Vanya e fez menção de se levantar. Mas nesse momento, querendo deter seu movimento, eu involuntariamente e incomodamente a abracei, e ao contato quente, lanoso, transparente de sua malha, um prazer nebuloso, doloroso, começou a borbulhar dentro de mim; eu estava pronto para tudo, mesmo para a mais revoltante tortura, mas tinha de beijá-la pelo menos uma vez.

"Por que está se debatendo?", balbuciei. "O que isso vai lhe custar? Para você é apenas um pequeno ato de caridade; para mim, é tudo."

Acredito que eu poderia ter consumado um tremor de arrebatamento onirótico se tivesse sido capaz de segurá-la uns segundos mais; porém ela conseguiu se soltar e levantar. Afastou-se até o parapeito da sacada, pigarreando e apertando os olhos para mim, e em algum ponto do céu ergueu-se uma prolongada vibração como de harpa — a nota final. Eu não tinha mais nada a perder. Falei tudo, gritei que Mukhin não a amava e não podia amá-la, numa torrente de banalidades descrevi a certeza de nossa felicidade se se casasse comigo e, por fim, sentindo que eu estava a ponto de romper em pranto, joguei no chão o seu livro, que por alguma razão eu estava segurando, e me virei para sair, deixando Vanya para sempre em sua sacada, com o vento, com o enevoado céu de primavera e com o misterioso som grave de um avião invisível.

 Na saleta, não longe da porta, Mukhin estava sentado, fumando. Ele me acompanhou com o olhar e disse, calmamente: "Nunca pensei que você fosse um tamanho canalha." Eu o cumprimentei com um breve aceno de cabeça e saí.

Desci para meu quarto, peguei meu chapéu e corri para a rua. Ao entrar na primeira floricultura que encontrei, comecei a bater o calcanhar e assobiar, uma vez que não havia ninguém à vista. O encantador e fresco aroma de flores a toda minha volta estimulou minha voluptuosa impaciência. A rua continuava no espelho lateral que fazia ângulo com a vitrine, mas era apenas uma continuação ilusória: um carro que passava da esquerda para a direita desaparecia de repente, embora a rua o esperasse, imperturbável; outro carro, que se aproximava da direção oposta, desaparecia também — um deles tinha sido apenas um reflexo. Finalmente apareceu uma vendedora. Escolhi um grande buquê de lírios-do-vale; pérolas frias gotejavam de suas delicadas campânulas e o quarto dedo da vendedora estava enfaixado — devia ter se ferido num espinho. Ela foi para trás do balcão e durante longo tempo mexeu e remexeu uma porção de feios papéis. Os caules bem amarrados formavam uma salsicha grossa, rígida; nunca imaginei que lírios-do-vale pudessem ser tão pesados. Quando empurrei a porta, notei o reflexo no espelho lateral: um homem jovem de chapéu-coco levando um buquê correu em minha direção. Esse reflexo e eu se fundiram num só. Saí para a rua.

    Andei com pressa extrema e passos cautelosos, envolto numa nuvem de umidade floral, tentando não pensar em nada, tentando acreditar no poder curativo e miraculoso do lugar específico para o qual me apressava. Ir até lá era o único jeito de evitar o desastre: a vida, quente e pesada, cheia do tormento conhecido, estava para cair sobre mim outra vez e rudemente desmentir que eu era um fantasma. É assustador quando a vida real de repente se revela um sonho, mas muito mais assustador é quando aquilo que se pensou que fosse um sonho — fluido e irresponsável — de repente começa a coagular em realidade! Tinha de pôr um fim naquilo e sabia como fazê-lo.

    Ao chegar a meu destino, comecei a apertar o botão da campainha, sem pausa para recuperar o fôlego; toquei como se matasse uma sede insuportável — demoradamente, ansiosamente, em absoluto abandono. "Já vai, já vai, já vai", ela resmungou, abrindo a porta. Entrei correndo pela soleira e enfiei o buquê em suas mãos.

"Ah, que bonito!", ela disse e, um pouco intrigada, fixou em mim seus velhos olhos azuis, pálidos.

"Não me agradeça", exclamei, levantando a mão impetuosamente, "mas me faça um favor: permita que eu dê uma olhada em meu antigo quarto. Eu imploro".

"O quarto?", disse a velha. "Desculpe, mas infelizmente não está livre. Mas que bonito, que gentileza a sua..."

"A senhora não me entendeu bem", eu disse, tremendo de impaciência. "Só quero dar uma olhada. Só isso. Nada mais. Pelas flores que eu lhe trouxe. Por favor. Tenho certeza de que o morador foi trabalhar..."

Passei agilmente por ela e corri pelo corredor, ela atrás de mim. "Ah, nossa, o quarto está alugado", ela ficava repetindo. "O dr. Galgen não tem nenhuma intenção de sair. Não posso deixar para o senhor."

Escancarei a porta. A mobília estava disposta de um jeito um pouco diferente; havia uma jarra nova no aparador; e na parede atrás dela encontrei o furo, cuidadosamente rebocado — sim, no momento em que o encontrei me tranquilizei. Com a mão apertada ao coração, olhei a marca secreta de minha bala: era minha prova de que eu tinha realmente morrido; o mundo imediatamente recuperou tranquilizadora insignificância — eu estava forte de novo, nada podia me atingir. Com um gesto de minha fantasia, eu estava pronto para evocar a sombra mais assustadora de minha existência anterior.

Com uma digna reverência à velha, deixei aquele quarto onde, um dia, um homem se dobrara em dois ao apertar o fatal gatilho. Ao passar pelo hall, notei as flores deixadas sobre a mesa e, fingindo distração, peguei-as, dizendo a mim mesmo que a velhinha estúpida não merecia presente tão caro. Na verdade, eu as mandaria para Vanya, com um bilhete ao mesmo tempo triste e bem-humorado. O úmido frescor das flores era bom; o papel fino cedera aqui e ali e, apertando com os dedos o corpo verde e fresco dos caules, lembrei-me do gorgolejar e gotejar que me acompanharam ao nada. Caminhei com calma pela beira da calçada e, entrecerrando os olhos, imaginei que estava me deslocando pela borda de um precipício, quando uma voz atrás de mim subitamente me deteve.

"*Gospodin* Smurov", disse a voz num tom alto, mas hesitante. Virei-me ao som de meu nome, pisando involuntariamente fora da calçada com um pé. Era Kashmarin, o marido de Matilda, e ele estava removendo uma luva amarela, numa pressa terrível para me estender sua mão. Estava sem a famosa bengala, e tinha mudado um pouco, talvez ganhado peso. Havia uma expressão embaraçada em seu rosto e os dentes grandes, sem brilho, estavam ao mesmo tempo rilhando por causa da luva rebelde e sorrindo para mim. Por fim sua mão, com os dedos estendidos, irromperam em minha direção. Senti uma estranha fraqueza; fiquei profundamente tocado; meus olhos começaram a arder.

"Smurov", ele disse, "não imagina como fico contente de encontrar com você. Andei loucamente à sua procura, mas ninguém sabia seu endereço".

Então me dei conta de que eu estava ouvindo muito polidamente aquela aparição de minha vida anterior e, decidido a colocá-lo em seu lugar, eu disse: "Não tenho nada a discutir com você. Devia agradecer de eu não ter levado você ao tribunal."

"Olhe, Smurov", ele disse, queixoso, "estou tentando me desculpar por meu péssimo humor. Não consegui viver em paz comigo mesmo depois de nossa, há, discussão acalorada. Me senti horrível. Permita que eu confesse uma coisa a você, de cavalheiro para cavalheiro. Sabe, eu soube depois que você não foi o primeiro, nem o último, e me divorciei dela. É, me divorciei dela".

"Não existe a menor chance de você e eu discutirmos qualquer coisa", eu disse e aspirei o meu buquê frio e grande.

"Ah, não seja tão rancoroso!", exclamou Kashmarin. "Vamos lá, me bata, me dê um bom soco e fazemos as pazes. Não quer? Olhe aí, você está sorrindo — é um bom sinal. Não, não se esconda atrás dessas flores — posso ver que está sorrindo. Então, agora podemos falar como amigos.

Permita que eu pergunte quanto dinheiro está ganhando."

Eu fiquei emburrado um pouco mais e depois respondi a ele. O tempo todo eu tinha de refrear a vontade de dizer alguma coisa agradável, alguma coisa que mostrasse como eu estava tocado.

"Bom, então, escute", disse Kashmarin. "Arrumo para você um emprego que paga três vezes mais. Venha me ver amanhã no Hotel Monopole. Vou apresentar você a uma pessoa de interesse. O trabalho é uma facilidade, e viagens pela Riviera e pela Itália não estão fora de cogitação. Negócio de automóveis. Você passa lá então?"

Ele havia, como dizem, acertado na mosca. Fazia tempo que eu estava cheio de Weinstock e seus livros. Comecei a cheirar de novo as flores frias, escondendo nelas minha alegria e gratidão.

"Vou pensar", eu disse e espirrei.

"Saúde!", Kashmarin exclamou. "Então, não esqueça: amanhã. Estou contente, muito contente, de ter encontrado você."

Nos despedimos. Eu segui devagar, o nariz enterrado no buquê.


Kashmarin tinha removido mais uma imagem de Smurov. Faz alguma diferença qual? Porque eu não existo: existem apenas os milhares de espelhos que me refletem. Qualquer relacionamento que eu estabeleça, a população de fantasmas que parecem comigo aumenta. Em algum lugar eles vivem, em algum lugar se multiplicam. Eu sozinho não existo. Smurov, porém, viverá por um longo tempo. Os dois meninos, aqueles meus alunos, envelhecerão e uma ou outra imagem de mim viverá dentro deles como um tenaz parasita. E então virá o dia em que a última pessoa que se lembre de mim morrerá. Um feto invertido, minha imagem também murchará e morrerá dentro da última testemunha do crime que eu cometi pelo mero fato de viver. Talvez uma história qualquer a meu respeito, uma simples anedota em que eu figure, passará dele para seu filho ou neto e então meu nome e meu fantasma aparecerão transitoriamente aqui e ali por algum tempo ainda. Depois virá o fim.

E no entanto estou feliz. É, feliz. Juro. Juro que estou feliz. Entendi que a única felicidade neste mundo é observar, espionar, olhar, esquadrinhar a si mesmo e aos outros, ser nada mais que um grande, ligeiramente vidrado, um tanto congestionado, olho que não pisca. Juro que isso é felicidade. Que importa que eu seja um tanto vulgar, um tanto sórdido, e que ninguém aprecie as incríveis coisas a meu respeito — minha fantasia, minha erudição, meus dotes literários... Estou feliz por poder olhar para mim mesmo, porque qualquer homem é interessante — é, realmente interessante! O mundo, por mais que tente, não pode me insultar. Sou invulnerável. E que me importa se ela vai se casar com outro? Noite sim, noite não, eu sonho com os vestidos e com as coisas dela em um varal infinito de felicidade, num vento incessante de posse, e o marido dela nunca saberá o que eu faço com as sedas e o velo da bruxa dançarina. Esta é a conquista suprema do amor. Eu sou feliz — sim, feliz! O que mais posso fazer para provar isso, como posso proclamar que sou feliz? Ah, gritar isso de tal forma que todos vocês me acreditem afinal, gente cruel, presunçosa...

1ª EDIÇÃO [2011] 2 reimpressão

ESTA OBRA FOI COMPOSTA PELA ABREU'S SYSTEM EM ADOBE GARAMOND
E IMPRESSA EM OFSETE PELA GRÁFICA PAYM SOBRE PAPEL PÓLEN BOLD DA
SUZANO S.A. PARA A EDITORA SCHWARCZ EM JANEIRO DE 2022

A marca FSC® é a garantia de que a madeira utilizada na fabricação do papel deste livro provém de florestas que foram gerenciadas de maneira ambientalmente correta, socialmente justa e economicamente viável, além de outras fontes de origem controlada.